讓笨蛋登上舞台吧！ 2

後宮的天空

為美好的世界獻上祝福！
EXTRA

Kadokawa Fantastic Novels

為美好的世界獻上祝福！EXTRA
讓笨蛋登上舞台吧！2 後宮的天空

CONTENTS

「達斯特先生……
歡迎來到死後的世界。」
「啊，妳們兩個竟然先偷跑！
太狡猾了！」
蘿莉夢魔
「女人完全不行──
同樣身為男人
才好呢。」
「對啊。比起女人，
還是男人比較好。」
泰勒

「那、那個——
如果你不會覺得

困擾，
可、可以跟你

艾莉絲
芸芸
「約我的人是……正經的……」
「喂，妳們幾個。有沒有什麼話要對本大爺達斯特說的啊？」
達斯特
奇斯

「對方到底是誰？
請妳看著我的眼睛說啊！」
惠惠
「我才不會因為
這點小事就生氣呢。」
琳恩

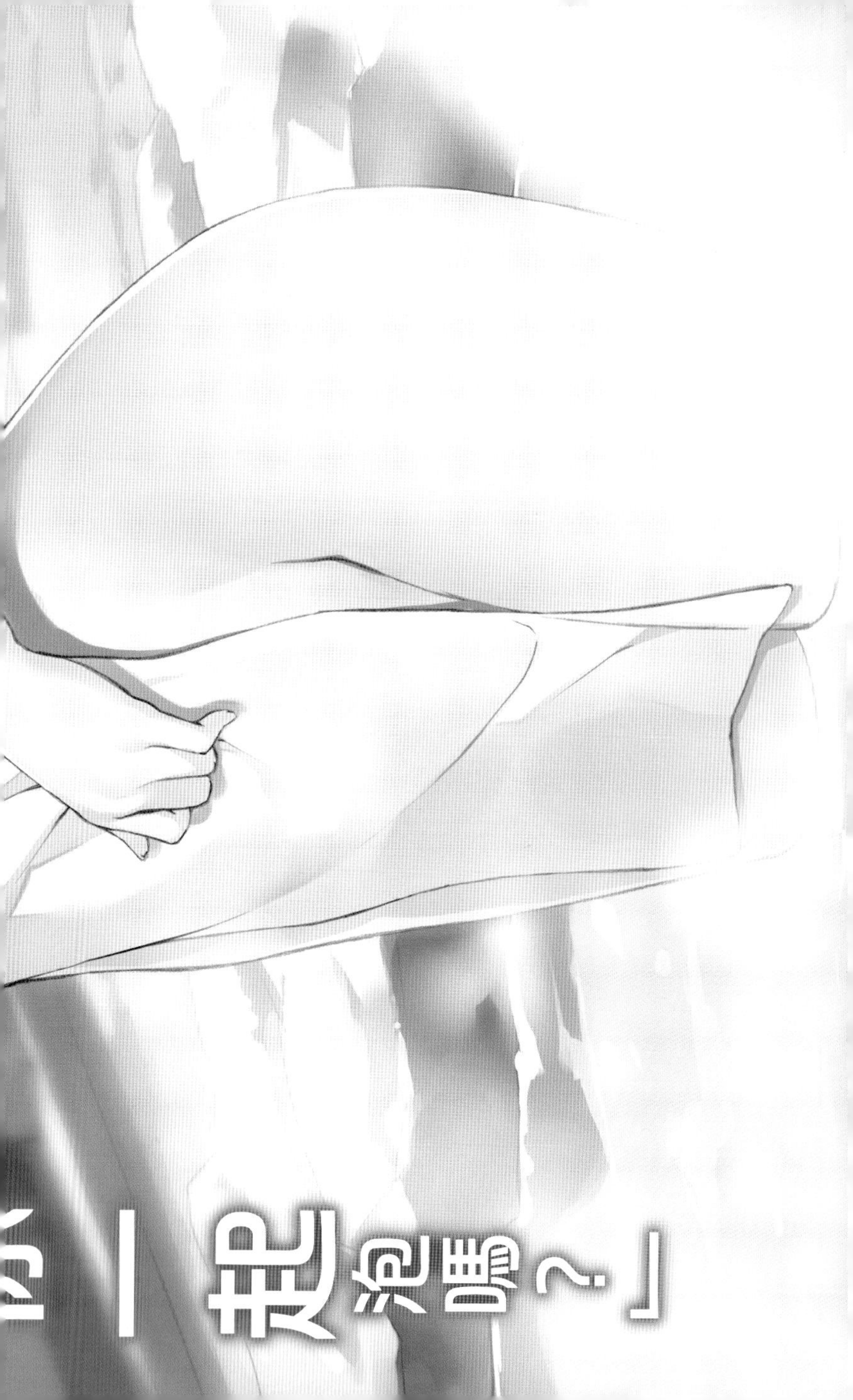
次一起泡嗎？』

讓笨蛋登上舞台吧！
2
後宮的天空
為美好的世界獻上祝福！
EXTRA
author
昼熊
illustration
憂姫はぐれ
原作 暁 なつめ
角色原案 三嶋くろね
Kadokawa Fantastic Novels

Character
琳恩
職業 魔法師
達斯特的隊友。同時也被大家當作老是引發麻煩事件的達斯特的監護人。
達斯特
職業 戰士
在阿克塞爾似乎是個小有名氣的冒險者。有著奇妙的傳聞，但沒人知道真相為何。
芸芸
職業 大法師
雖然是個能力貨真價實的魔法師，不過基本上都是單獨行動。
蘿莉夢魔
職業 店員
為男性冒險者們提供極品美夢的夢魔店店員。個性非常容易隨波逐流。
阿克婭
職業
大祭司
達克妮絲
職業
十字騎士
惠惠
職業
大法師

序章

有個女生待在溫泉的霧氣後方，雙頰泛紅，流露性感的吐息。

以她的年紀來說身材發育得很好，幾乎無法單靠一條浴巾就完全遮掩，重點部位感覺若隱若現。

「那、那個，如果你不會覺得困擾，可、可以跟你一起泡嗎？」

那道跟平時截然不同的煽情聲線，讓我忍不住吞了一口口水。

她是那個在面對不認識的人時，就會形跡可疑而且無法好好對話，以紅魔族來說算是有常識的……芸芸對吧？

無論從臉還是身材來看都是她沒錯。

但我非常清楚她不是個會說這種話的人。

一般來說，她在面對這個狀況時，應該都會大喊「你終於墮落到這個地步了嗎！警察先生！」才是吧。

然而她不僅選擇混浴池，還往我身邊靠過來，到底是什麼意思？

咦，難不成是我想的那樣嗎？

我真的可以這樣判斷嗎？

面對這種情況，禮貌上應該要出手對吧？

我掩飾著自己內心的混亂，語氣平靜地答道：

「喔，好啊。隨妳高興吧。」

第一章 邂逅那位女神

1

有著八顆頭的巨龍激起盛大的水花自湖中現身，那正是懸有重賞的怪物「多頭水蛇」。

「喂，真不愧是重賞怪物，這魄力真是不得了啊！」

因為那巨大身軀而感到興奮的我，如此尋求同伴們的認同，但他們全都傻眼地看著多頭水蛇。

因為和真在冒險者公會募集討伐多頭水蛇的人手，於是我們就參了一腳，但這真是出乎意料的大咖。

據和真所說，他們小隊有先挑戰過卻以失敗告終，才決定找其他冒險者幫忙的樣子。

不止我們，也有其他人響應和真的邀請聚集於此，共有數十名冒險者參加這場戰鬥。

冒險者們全都一臉認真地聽著和真指示。

「職業是盜賊的各位，手上都有鋼絲吧？職業是弓手的各位，準備好綁了繩鉤的箭就先待命！」

職業為盜賊和弓手的冒險者們全都認真地點了點頭。

在和真向所有人說明工作分配時，可以聽到某位祭司用悲痛的語氣大叫著「動作快——動作快——！」的聲音，但就先當作沒聽見吧。

作戰的概要是讓達克妮絲當誘餌，吸引多頭水蛇的注意，然後靠爆裂女孩的魔法一口氣消滅牠啊。

不愧是平時就在指揮麻煩三人組的專家，和真下達的指示非常精確，作戰計畫也不錯。

「雖說和真的戰鬥力很低，卻有著令人意外的才能呢。」

「現在不是佩服他的時候吧！奇斯，箭矢準備好了嗎？」

「喔，交給我吧。」

奇斯正將繩鉤綁上箭矢，準備射擊。

「雖然不甘心，但我的能力不足以能像達克妮絲那樣承受多頭水蛇的攻擊。就讓我專心保護後衛職吧！」

「泰勒，你可不要亂來！一般來說要是被那種攻擊打中絕對沒救！」

「嗯，我會銘記在心！」

接著泰勒和奇斯就一同動身往後衛的集合地點跑去。

仔細一看，就發現感覺坐立難安的芸芸也混在魔法師當中。

即使在這個情況下，她依然能發揮怕生的技能，讓自己看起來形跡可疑。

戰場上盜賊職正使用「Bind」將多頭水蛇的頭綁在一起，當繩鉤隨著飛出去的箭矢纏上細綁牠的鋼絲後，對臂力自豪的冒險者們便持續拉住繩索以防多頭水蛇逃走。

「是說，和真到底在幹嘛啊！」

趁著達克妮絲挺身承受攻擊時，和真爬上了多頭水蛇的身體，將手放在牠的背上，不知道在做些什麼。

從多頭水蛇開始痛苦掙扎的狀況來判斷，他應該正在進行某種攻擊。

這實在是太危險了。我也覺得和真在某方面膽子很大，但沒想到他會做到這種程度。

「啊，危險！呀啊啊啊啊啊！」

看到和真從多頭水蛇背上被甩落後，琳恩發出了慘叫。

達克妮絲在和真撞上地面之前接住了他，接著整個人趴在他身上，拚命撐住多頭水蛇倒落的巨大身軀。

如果是只有身體耐力能拿來自豪的達克妮絲，就算被多頭水蛇壓住，只要處於有支援魔法的狀態下應該還能承受，不過在她下方的和真就死定了。

「你們可不要只會讓和真他們表現！是男人就給我使盡吃奶的力氣拉！」

「這還用得著你說啊！」

「我們也是只要有心就能做到啊啊啊啊！」

「雖然我是女人，但可不要小看我！」

為了盡量減輕達克妮絲的負擔，我開口激勵了一下冒險者們，周圍的眾人也隨口回應，並發出充滿幹勁的吼聲拚命拉動繩索。

雖然多頭水蛇已經動彈不得，但冒險者們光是為了拯救和真他們就用盡了全力，無法積極發動攻勢。

……不對，等等喔。這可算是最好的機會吧。

對上動彈不得的多頭水蛇，我應該也贏得了吧？

「快看，那隻多頭水蛇好像變弱了不少！而且好像動彈不得了！懸有重賞的多頭水蛇的首級，我要定了！獎金由給牠致命一擊的人全拿！我不會分給任何人的！」

我大聲向周遭的人做出這番宣告，接著就鬆開拉著繩索的手，以多頭水蛇的首級為目標，專心一志地衝了過去。

「你、你等一下啦！現在這個狀況你在說什麼啊！還有，說是無法動彈，但也只是脖子都被綁起來了而已，要是掉以輕心……」

雖然琳恩的聲音從背後傳來，但現在不是管這個的時候。

我要直接砍下多頭水蛇的首級，一個人獨占獎金以及所有女人欽羨的眼光！

當我跑到多頭水蛇被束縛的頭部附近時，我才發現一件事。

直到剛才為止都在吸引多頭水蛇攻擊的達克妮絲，目前正為了保護和真，而被壓在牠巨大的身軀下方。換句話說，多頭水蛇目前並沒有攻擊目標……

等我注意到這個現況時，長滿尖銳牙齒的血盆大口已經在我眼前了。

在我的視野變得一片黑暗前──

「啊啊──！達斯特！達斯特──！」

似乎聽見了琳恩的呼喊。

2

「達斯特先生……歡迎來到死後的世界。我是帶領你走上嶄新道路的女神，艾莉絲。你的人生已經結束了。」

當視野恢復光明後，我發現自己正身處像是白色宮殿的地方。

眼前還有一個正在胡言亂語的女人。

她身穿好像很高級的白色羽衣，一頭銀白色的頭髮，以及一身遑論斑點，就連一絲日曬的痕跡都沒有的白皙肌膚。

那襲像是高等祭司才會穿的法衣看起來就相當浪費錢，撐起那套服裝的胸線也十分雄偉。但看在我眼裡卻有種奇怪的不協調感。

根據經常觀察女人胸部和屁股的我看來，那應該是墊出來的高度吧。

這位除了胸部全都滿分的大美女，正用那雙藍色的眼睛憂傷地看著我。

經常做出性騷擾行為的我早就已經習慣女人們的輕蔑眼神，但我可沒被這種眼神看過。

「難道說妳迷上我了？」

「你沒頭沒尾地在說什麼啊！」

「因為妳正用那種為我深深著迷的少女才會有的熱情眼神望著我啊。」

「我是用憐憫的眼神，看著被欲望衝昏頭而奔向多頭水蛇的你。」

明明是初次見面，這女人實在有夠失禮。

這麼說來，她從剛剛就一直在講一些難以理解的事情，難道是在傳教嗎？

這個純白色房間的確很符合神職人員的喜好。

「不好意思，我對這種事情沒興趣。特別是阿克西斯教我堅決拒絕，請找別人吧。」

「咦？不，現在不是在談那類的事。以教派來說我是艾莉絲教，而且說穿了，我現在不是在傳教。」

「不是嗎？雖然我沒什麼印象了……難道是我趁著酒醉大鬧了一番？」

「呃，不好意思，可以請你先聽我說話嗎？」

「店面看起來這麼高級，該不會是打算要我支付很不得了的金額吧。不好意思，我可是身無分文喔。反正你們本來就是靠做黑的在賺錢吧？我絕對不會屈服這種敲竹槓的行為！」

像這種一塵不染又統一成白色調的房間，就算是超高級的酒館也不可能。

看來我是誤闖貴族專用的祕密店家了。

「敲竹槓……真不愧是和真先生的朋友，看來很難應付呢。」

「嗯？妳認識和真啊。這樣事情就好談啦，錢直接記我摯友的帳上就行了。」

「所以說這裡不是酒館！請好好聽我說話！」

她明明剛剛還穩重沉著地用溫柔語氣說話，卻突然間就生氣了。

怪了？我怎麼覺得好像在哪裡聽過這個聲音……

「那麼，我重頭再來一次喔。達斯特先生……歡迎來到死後的世界。我是帶領你走上嶄新道路的女神——艾莉絲。你的人生已經結束了。」

「喂喂，妳什麼不好講，竟說自己是女神艾莉絲啊。明明看起來是個正常人，難道妳跟和真小隊裡的那個宴會祭司是同類？現在是流行自稱女神嗎？」

「請不要把我跟前輩混為一談！」

「前輩？」

「啊，不，失禮了。總之，你已經死了。」

能恬不知恥地說出這種話的自稱女神二號出現了。

然而與阿克婭不同的是，眼前這位美女姊姊的話語中有著奇妙的說服力。她有著即使用女神的名義招搖撞騙，也不會被取笑的外表及氛圍。

難道她是真正的艾莉絲女神？

「就算妳這麼說，我也沒有任何自覺啊。」

「這是因為在剛死掉時記憶都會很混亂。請試著慢慢回想究竟發生了什麼事吧。」

在她那道溫柔的聲音催促下，我試著去回想究竟發生了什麼事。

「我難得早起後去了公會。因為很閒又身無分文，就盯著櫃檯小姐的露娜的乳溝看，結果她竟然叫警察來抓我。」

「……你一大清早就在做什麼啊？」

「正當我準備找認識的人蹭早餐時就看到和真……」

因為看到和真難得拚命地在招募人手，我就答應他一同幫忙討伐多頭水蛇。

好像是達克妮絲遇上了某些問題，但理由根本不重要。既然朋友有難，我當然幫忙。

而且最近錢包也有點乾扁。

接著在戰鬥中——

「啊啊！正當我準備好好表現時就被幹掉了啊！明明只差一點就能獨占獎金耶！」

「你感到後悔的地方是這一點啊……不過你似乎理解狀況了呢。很可惜，你短暫的一生就到此結束了。真是一段在阿克塞爾惡名昭彰，給許多人添了麻煩的人生呢。」

大概是因為她在講這段話時嘴角還掛著笑容的緣故，反而讓人覺得很恐怖。

可以聯想到的事情實在太多，我根本不曉得她是指哪個部分。

「算了，我記得的確是有這種事。但應該還不算是犯罪吧？」

「完全就是犯罪啊。也不想想你被警察關照過多少次了。」

「喂喂，這種事我怎麼可能會記得啊。難道妳會去記自己被警察逮捕多少次嗎？」

當我用問題回答問題後，自稱女神二號就低下頭開始顫抖。

看吧，一般來說根本不可能回答得出來嘛。

「是零！一般人根本不會被警察關照好嗎！正因為你過著這種人生，才會毫無善行……

咦？怎麼會？」

她看著手邊的紙張一陣驚慌失措。那上面究竟寫了什麼啊？

只見對方重新看了好幾次紙上的文字，接著又來回望著我的臉跟那張紙。

「看來你累積了不少善行呢。呃，你在阿克塞爾時明明都是為所欲為啊。難道是資料有誤嗎？畢竟最近經常下凡，是太過匆忙而拿錯了嗎？」

她用手指抵著臉頰，微微歪著頭。

難道那張紙上寫著我至今為止做過的所有事情？

善行啊，她應該是在說那時候的事吧。

「難道你以前曾經為了他人做過什麼事情嗎？」

「天曉得。不過，既然妳知道那些事，看來妳真的是女神呢。」

我實在不喜歡被問到以前的事情。

這時候就用承認現狀來轉移話題吧。雖然不想相信，但我好像真的掛了。

原來我死了啊。其實沒什麼實感，意外的沒勁呢。

這段人生真的發生了很多事情，但在最後被亞種的龍吞噬而死，也算是命運吧。

看來我直到最後都無法切斷跟龍的緣分呢。

事到如今，我靜下心來仔細觀察，就覺得眼前的艾莉絲女神真的充滿了神聖感。

「你終於接受事實了啊。由於你累積了比我預料中還要多的善行，所以你在死後有兩個選項可以選擇。」

因為她開始做起說明，就先乖乖聽她說話吧。

「第一個是重新投胎做人，展開新的人生。在這個情況下會消除你所有的記憶。」

重新投胎啊……忘掉在那個國家度過的時光，重新開始是吧。

我死了之後，琳恩和其他夥伴們正在做些什麼呢……要是因此覺得神清氣爽就太令人火大了。

「另一個是到死後的人們聚集的天國，度過永恆的時光。」

「那裡有什麼？有沒有賭場或是酒館？」

「才沒有那種東西呢。因為是靈魂，所以不需要吃飯和睡覺，也不需要任何物品。」

「沒有身體就表示……再也無法揉胸部或摸屁股，任何色色的事也都不能做了嗎！」

「當然啊！每天都過著平穩的生活。」

在沒有酒也沒有情色的世界，度過什麼事都不能做的日子。

……那根本是地獄吧？

活在無法滿足欲望的世界到底有什麼意思？這樣在實質上根本是單一選項啊。

「你不需要焦急。畢竟事關未來，這是非常重要的——」

『喂，有聽到嗎？我阿克婭大人已經幫你復活了，快點給我回來喔。』

不知道是從哪裡傳來一道散漫的聲音，打斷了艾莉絲女神的話語。

那是和真小隊上的宴會祭司的聲音吧？

這麼說來，她好像能讓人復活呢！

「喔喔，那我就可以不用死掉了嗎！」

「唉……又來了。最近因為死了也能立刻復活，阿克塞爾的冒險者死亡率降低很多呢。雖然這也不是什麼壞事啦……根據天界的規定，我認可你復活一次。達斯特先生，你可以回歸現世了，我這就幫你把門打開。」

女神大大地嘆了口氣後，彈響手指。

接著，我的眼前突然就出現一道白色的門扉。

「雖然我搞不太懂，不過受妳照顧了。作為見到女神的紀念，我可以問一個問題嗎？」

「可以，是什麼問題呢？」

「那對胸部是真的嗎？」

我一伸手指向那對不自然的胸部，艾莉絲女神就露出僵硬的笑容將門扉打開。

「請暫時不要再過來這裡了喔，下次就不會再同意讓你復活了。」

「但和真總是在炫耀自己復活過很多次——」

「那麼，請你度過一段無悔的人生。」

講完這段話後，她就硬是把我推進門裡。

3

眼前是淚流滿面的琳恩。

奇斯跟泰勒也在她的身後一臉擔心地看著我。

「達斯特！達斯特嗚嗚嗚嗚！害我擔心死了，笨蛋！」

我才撐起上半身，琳恩就撲過來抱緊了我。

身體使不上力的我沒能支撐住她，於是整個人又重新倒回地上。

後腦勺還因此重重撞了一下，我原本打算開口抱怨個兩句，但看到琳恩哭個不停之後，就把到嘴邊的話吞了回去。

因為有妳在……我還不能死嘛。

「抱歉。」

說完後，我就輕輕拍了拍琳恩的頭。

這還是我第一次看見琳恩直接傾瀉感情嚎啕大哭。看來她真的很擔心我。

「呼……無論如何，你能順利復活真是太好了。畢竟身體都變成那樣，我很擔心喔。」

「對啊，看到你那個模樣時，我都已經要放棄希望了說。」

奇斯和泰勒說出了可疑的事情。

我低頭看了看身體，就發現自己一絲不掛，只在腰際蓋了一塊布而已。

「你們該不會趁我無法抵抗的時候惡作劇了吧！」

「「誰要做那種事啊！」」

「不然我為什麼會全裸？」

「這個嘛，因為你在多頭水蛇的胃中溶解得恰到好處啊。」

「跟用火烤過的起士差不多。」

「……真的假的。」

難怪身上有濕濕黏黏的感覺，這原來是胃酸的痕跡喔。

衣服已經完全溶解掉就表示……我還是不要想像好了。

「達斯特，你要好好向阿克婭小姐道謝喔。要不是她幫你修復身體跟復活，你現在還死在那邊。」

「喔喔，對耶。我之後再找機會好好向她道謝。」

阿克婭的聲音也有傳到那邊去。

畢竟是她幫死過一次的我復活，無論怎麼感謝也不夠。

但現在沒有看見她的身影，就等回到公會再正式向她道謝吧。

4

回到冒險者公會後，我才總算有衣服可以替換上，擺脫了因為衣服溶掉，只得在腰際綁著一塊布的半裸狀態。

下半身一直涼涼的，感覺實在很噁心。

聽說只有我在那場戰鬥中遇害，但也已經被復活，所以實質上來說沒有任何人犧牲。面對那種懸有重賞的對手，這可是不得了的戰果，公會職員也相當高興。

「話說回來，沒想到我們也有辦法對付那種大咖呢！不對，要是沒有和真他們的小隊，我看就辦不到啦。」

「是啊，和真果然很厲害！這次討伐多頭水蛇的報酬本來是說要平分，不過和真他們應該多拿一點才對。正好有個笨蛋說了『獎金由給牠致命一擊的人全拿！』這種話，我看就把那個笨蛋的份給和真他們吧。」

奇斯和琳恩又開始稱讚起和真，但這次就算了，畢竟我也這麼覺得。

但不要拿我來舉例好嗎——雖然很想這麼抱怨，但這也是事實，害我完全無法反駁。

而且我在這次的戰鬥中，根本沒有拿到任何好處。真要舉出唯一一件好事的話，就只有見到艾莉絲女神而已。

但這樣我暫時就不會缺哏，而且這個話題肯定能吸引到艾莉絲教徒，順利的話甚至還能賺上一筆。

啊，比起這種事，得快點找到阿克婭才行。我還沒有好好向她道謝。

環顧四周後，發現她人在跟和真等人隔了些距離的地方。

一靠過去，就看見她正用杯子裡的水在桌子上畫出不得了的圖。

好像很厲害耶，她應該可以靠這個吃飯吧？

「可以打擾一下嗎？」

「怎樣？我還差一點就完成了，有事的話在旁邊等一下。」

我乖乖聽從救命恩人的要求在旁邊等了一下，桌上那張似乎隨時會跳出來的多頭水蛇圖就完成了。

但畢竟是用水繪製的圖，一段時間後就會消失，這讓我覺得很可惜。

「有什麼事？應該說，你哪位啊？」

「我是被妳復活的達斯特啦！我們不是還有一起冒險過嗎！唉，算了。總之多虧有妳，我才能得救，我要向妳道謝。」

原本阿克婭還疑惑地皺起眉頭看過來，但在聽我這麼說完後，她的表情立刻一變。

她的臉上堆滿了笑容，雙臂交叉並挺起胸膛。

只見阿克婭得意地看著我，似乎有話想說。從她的眼神看來，應該是要我多誇獎她幾句吧？

「哎呀，真的非常感謝妳。居然會有能讓人復活的祭司啊。我原本就覺得妳跟其他人不一樣，沒想到遠遠超出我的想像。」

我開口給她戴了幾頂高帽子，這樣應該滿足了吧。

當我這麼想著並看向阿克婭，才發現她正動著下巴要求我再多誇幾句。

……畢竟這個人對我有救命之恩，這點小事算不上什麼。

「雖然我從以前就覺得妳是個不得了的人物，不過竟然如此厲害，我真是小看妳了！別的地方絕對找不到妳這種程度的祭司呢！嘿，全大陸第一的美女祭司！」

如何？我可是一口氣拍足了馬屁，這麼一來……

那個眼神是怎樣？她到底還在期待什麼？已經很夠了吧。

「我真的非常感謝妳，再見。」

正當我轉身準備離開時，衣服的袖子突然被抓住。

我戰戰兢兢地回過頭，就看到一雙充滿欲望的眼睛正仰望著我。

「已經……夠了吧？」

「不夠，完全不夠。因為來到這邊之後，所有人都在小看我，所以你要好好地誇獎我！用所有人都能聽到的音量大聲讚揚我！」

被麻煩的傢伙纏上了。雖然我很感謝阿克婭，但這樣下去會變得很棘手，於是我甩開她的手快步離去，然而腳步聲卻緊追在後。

「吶，再多崇敬我一點嘛！說些『非常感謝您讓我復活，阿克婭大人』之類的話，多稱讚我一下嘛！」

「啊啊，煩死了！」

監護人呢？這傢伙的監護人在哪裡！

被眾人團團包圍，正在瘋狂灌酒的和真……找到你了！

「喂，和真！我是很感謝她讓我復活，不過你隊上的祭司從剛才開始就一直在煩我！」

我把緊抓著我的手臂不放的阿克婭丟給和真處理之後，立刻逃離了現場。

第二章 朝著後宮邁進

1

雖說抵達了疑似是地下城最深處的場所，眼前卻沒有任何魔物，只有一間布滿灰塵，感覺像是獨身男子居住的房間。

房內有著樸素的床鋪、桌子及椅子。書架上擺放了各式各樣的書籍，但都已經風化到無法閱讀了。

還有一個包圍著方形玻璃，用途不明的物體。

深處還有一間房間，但那是浴室，於是我們做出了結論，認為這裡應該就是製作這個地下城的魔法師所居住的房間。

「好簡陋的房間啊。這次的工作那麼麻煩，收穫卻少得可憐耶。」

「別抱怨了，奇斯。光是能獨攬沒人探索過的地下城，就已經夠幸運了。」

泰勒開口安撫抱怨連連的奇斯。

奇斯身材苗條，除了黑髮黑眼外還用瀏海蓋住了一邊的眼睛，乍看之下會覺得他是個好男人，但我從沒看過他大受歡迎的模樣。

他作為弓手的手腕確實不錯，但是好色、酗酒，又很輕佻，算是他美中不足的地方。

在小隊中奇斯跟我最合得來，我們好到經常一起去喝酒。

泰勒則是無論在體格或個性上都與奇斯完全相反，不但身材高大還很壯碩，是個過度認真到不知變通的十字騎士。

「我身體的狀況還沒完全恢復，感覺格外疲憊耶。唉，好想喝酒擺爛喔。」

自從被多頭水蛇吃掉後，身體就是有種不協調感。

感覺像是還沒適應已經被治好的身體……

「好了好了，有空在那邊抱怨，不如快點動手。既然是能創造出地下城的魔法師，這裡應該還藏有某些寶物才對吧。」

這時，我們小隊中的一點紅——魔法師琳恩就開口激勵失落的兩人。

將一頭紅髮綁成馬尾的琳恩，雖然有著一張娃娃臉，但絕對不能被她的外表給騙了。她的個性其實相當苛刻，對我更是特別嚴厲。

「你也是，不要雙手抱胸在那邊旁觀，快點來幫忙。」

「好啦好啦，我工作總行了吧。」

看吧，真的有夠強勢。

雖然覺得身為戰士的我動手調查也找不到東西，但就先裝裝樣子，免得之後又被唸。

「感覺～～這附近怪怪的耶～～」

我隨手在褪色的牆上敲敲打打，一道奇妙的聲響卻突然傳來。

嗯嗯？……一道冷汗從我的背上滑落。

「剛剛是不是有個奇怪的聲音？」

那道聲音似乎比我認知的還要大聲，夥伴們全都往這邊看過來。

正當我準備找藉口時，這次又傳來了地鳴。

難道……應該說肯定是我害的？這下子可麻煩了！

「我、我什麼都沒做喔！無論發生什麼事都不是我害的喔。這完全是命運的惡作劇……咦？唔喔喔！」

原本扶著的牆面突然從旁滑開，身體失去支撐的我就這樣保持原本的姿勢橫倒在地。

「好痛啊！到底是怎樣啦，真是的。」

我一邊搓著頭站起來，就發現直到剛剛還是牆壁的地方，突然出現了從沒看過的空間。那裡比目前所在的房間還要大，天花板也更高更廣。

除了左右兩邊牆上的兩扇門，就不見任何東西了。

「裡面竟然這麼亮，是天花板裝了魔道具嗎？」

「好像是這樣。竟然能發現密室，真是幹得好耶，達斯特！」

被琳恩砰地一聲重重拍了一下背，害我差點嗆到。

「妳是不懂怎麼控制力道嗎！但這裡到底是什麼房間？雖然一般來說有密室就表示有寶藏……但只有兩扇門耶。」

「這表示可能其中一扇門裡面有寶藏，又或是兩扇門裡面都有。都大費周章做出這個房間了，裡面不可能什麼都沒有吧。要是有值錢的東西就好了。就從右邊的門開始調查吧。」

奇斯往右邊的門扉靠近，接著朝門把伸出手。

「奇斯，你要小心啊。我們果然應該要僱用盜賊比較好。雖然公會的事前情報指出這裡只有魔物居住，並沒有設置陷阱就是了。」

「現在講這些都已經太遲了，而且到目前為止的確沒有遇到陷阱，應該沒差啦。那我就選左邊吧。啊，能發現這間密室都是我的功勞喔！這點一定要先講清楚才行！要是有找到寶藏就多分我一點！」

「那如果出現魔物，也讓達斯特一人獨得吧。」

「……果然跟夥伴們平分報酬才是基本常識呢。」

這是一個成熟大人該做出的明智判斷。

奇斯和泰勒負責右邊的門，左邊的門則交給我和琳恩。

琳恩非常小心翼翼地躲在我的背後，但這次就隨她吧。

「好了，這樣無論開門後會突然爆炸導致四肢飛濺、放出讓人痛苦窒息的毒氣、飛出射穿身體的箭矢，或是噴出足以溶解身體的強酸，我都不會有事。好了，可以開門了。」

「哪裡可以了啊，妳說啊！不要舉那種血腥的例子！再說了，如果爆炸威力太大，連妳也會一起前往那個世界喔！」

「別說這麼不吉利的事情嘛。想到要跟你一起死，就讓人很害怕耶。」

「喂喂喂，不要害羞啊。」

明明內心就覺得可以跟我一起掛掉很高興吧。

當我這麼想著，並看著琳恩的臉龐時，就發現她露出打從心底感到不悅的表情。

「我才沒有害羞。真要說起來，我會上天堂，你則是下地獄，我們去的地方又不同。」

「哈！那真是可惜了，而且我也確定會去天國喔。這可是那位艾莉絲大人親口說的。」

「你被多頭水蛇吞下去時見到了女神是吧，我已經聽過很多次了。就算要說謊也該打個草稿啊。」

「就說了，我沒說謊啊！為什麼沒有人願意相信我啊！我真的見到艾莉絲女神，還跟她講到話了！雖然她的胸部有點可疑。」

「那還真是厲害啊～～太好了呢～～愚弄神明會遭天譴喔。好了，快點把門打開。泰勒他們好像已經進去對面房間調查了喔。」

我往琳恩指的方向望去，就發現那扇門開著沒關，泰勒跟奇斯也已經不見蹤影。

不能再繼續閒聊了，趕緊處理吧。

我小心翼翼地轉動門把，但似乎沒有發生陷阱啟動的情況。

輕輕推開門扉後，我探頭往房內窺探。

「一片漆黑，什麼都看不到耶。妳拿提燈給我。」

「嗯，知道了。拿去。」

接過琳恩遞來的提燈後，我往房內踏了一步。這時，一道炫目的強光突然從我頭頂上打落。

「什麼！是陷阱嗎？琳恩！」

我立刻就抱住琳恩要保護她。

原本我已經做好覺悟，準備承受即將襲來的某種衝擊或疼痛，結果卻是不痛不癢。

「吶，你打算抱到什麼時候？大白天就光明正大地對我性騷擾，你的膽子實在很大。」

胸前傳來悶悶的聲音。

那是盡力壓抑著憤怒，非常低沉的聲音。

「喔，抱歉。我沒有為了享受胸部的觸感而抱住妳，卻發現毫無彈力而感到失落喔。」

「很好，你給我坐在那邊。我會把你燒到屍骨無存。」

「等等！我當然是在開玩笑啊，快點停止詠唱啦！快、快看，現在不是做這種事的時候吧，變亮之後可以看清周圍了喔。」

放下原本高舉的法杖後，琳恩還是一臉不悅地環顧四周。

總算成功轉移她的注意力之後，我也接著觀察起室內的狀況。

有個被隨手放在牆邊的圓球，這究竟是什麼啊？

那顆圓球的大小正好能收在手掌中，摸了一下發現表面相當光滑。

由於上方有個稍微凸起的部分，我就試著壓壓看，但是除了傳出喀嚓的聲響之外，沒有任何變化。

「什麼嘛，真是無聊。」

我對這顆圓球失去了興趣，就順手將它丟在腳邊。

重新環視整個室內後，發現這裡比我偶爾會投宿的旅館房間還要更大。

正面的牆設置了一整排的書櫃，上頭塞滿了書本。

「這書櫃真不得了。跟放在剛剛那間房間的書不同，好像保存得還不錯。」

書背寫著某種文字，但我看不懂。

上頭全是沒見過的文字。

「這是什麼語言啊？用了誇張顏色的文字還真不少……總之先拿來看看好了。」

我隨手抽起一本書並翻開了內頁。

「這、這本書，絕對是寶藏啊！」

看到出現在眼前的內容後，我瞬間就理解了。

這是價值連城的寶藏！

「這、這、這、這是什麼啊！」

琳恩雖然在一旁大叫，不過我正沉浸於閱讀書本，甚至沒空理她。

這本書的文字很少，相對地圖畫非常多。那些文字似乎是畫中角色所說的話，但由於圖畫已經充分表現出角色舉止，即使沒有文字也能夠理解。

一大群身穿沒見過的服裝的女人待在房間裡。所有人的服裝都一樣，八成是制服吧。

不過這個打扮未免太撩人了，裙子全都超短耶。

我翻開下一頁。

這次是那個女人在擺有床鋪的乾淨房間中，被年長的男性逼迫。接著男人露出邪惡的笑容，朝著女人的裙子伸出手……

「這也是、這也是、這也是！為什麼這些書的內容全是色色的圖啊！」

聽見了近乎慘叫的呼喊，我這才抬起了頭，只見琳恩滿臉通紅地陷入混亂。

雖然被丟在地板上的書有些掉頁，但一如封面整本都相當煽情。

速速翻過我手中的書後，發現連正式來的場景也有畫出來。

這些圖在情色方面灌注的熱情未免太過頭了……實在令人忍無可忍。

圖的精密度已經令人訝異了，但封面異常光滑，沒有任何凹凸之處，跟一般的書摸起來完全不一樣。這真的是不得了的寶藏吧？

「喂喂，不要那麼粗魯啦，這可是人類的至寶耶。」

「什麼至寶啊！就只是很色的圖而已吧！」

「愚蠢！用這麼漂亮的圖將男人的妄想具體化的書，絕對能高價賣出去！雖然不懂他們在說什麼，但我很清楚他們在做什麼呢。」

「嗚、嗚嗚嗚，變態！」

琳恩氣得轉過頭去。

看來小女孩無法理解這些書的價值呢，這明明就是最棒的藝術作品。

「我來調查這些寶物，琳恩妳看是要去跟奇斯他們會合，還是到旁邊休息都行。」

「就這樣吧……我的魔力因為先前的戰鬥所剩不多了，先去稍微休息一下。」

礙事的傢伙出去了，讓我得以慢慢享受書本的內容。

請夢魔店讓我作的夢也很棒，不過這本書裡面描寫了我從來沒有想像過的場景和行為。

如果讓蘿莉夢魔看這個，夢的內容說不定還能升級。總之帶個幾本過去好了。

時間不夠讓我仔細閱讀，但在大略確認過後，我發現書的內容相當偏頗。

「男人被處罰的場面未免太多了吧？」

雖然也有一般的作品，但不知為何，男人被女人處罰的作品非常多。

如果是相反的內容，達克妮絲應該會很樂意買下來吧。

入口附近的書櫃上大多都是色情作品，不過其他書櫃上也有大量描繪一般圖畫的書。

是收藏了各式各樣的書嗎？如果是這種畫風溫暖又有很多小孩子的作品，琳恩應該也能接受，之後再拿給她吧。

總而言之，先把我嚴選的情色作品裝進袋子裡帶回去。這種東西就該在自己房間裡慢慢欣賞。由於數量很多，等等再找奇斯他們幫忙搬好了。

對了，不知道他們那邊的狀況如何？

我揹起塞滿書本的袋子走出房間後，就看到兩人站在另一間房間的門口發呆。

「怎麼了，裡面什麼都沒有嗎？」

「喔，達斯特啊……我們回去吧。」

「也是啦。唉，已經沒必要繼續待在這裡了吧。」

奇斯缺乏幹勁是常有的事情，但泰勒會說出這種話就讓我很意外了。

是那間房間毫無收穫才那麼失落嗎？

「你們怎麼那麼失落啊？我可是找到寶山嘍。只要把這些拿回去，肯定能賣錢。」

我一邊說就翻開自己最推薦的一本書，將圖放在兩人面前。

他們雖然有將望向天花板的視線移到書本上……但也只有這樣。

「唉……」

「唉……」

看著如此煽情的圖畫，他們的反應竟是嘆氣！

「喂喂，你們到底是怎麼了啊！看到這些圖不該是這種反應吧。就算再怎麼疲憊，別的部位應該會很有精神才對啊！我的長劍都硬梆梆了喔！」

「啊～～嗯，這的確很色呢。」

「是喔，真是猥褻啊。」

如此遲鈍的反應是怎樣？

這是身為男人就該高興到爆炸的場面吧。即使疲勞累積到顛峰，一個大男人也不該是這種反應。

特別是奇斯。這傢伙明明就是慾望的化身，為何會毫無反應啊？

「你、你們怎麼了？是瞞著我吃了什麼不好的東西嗎？我不會生氣，快點說實話。」
「達斯特，他們兩個應該只是累了，畢竟先前的戰鬥也很激烈啊。那麼，這裡大概已經沒有值得一看的東西了，我們快點回去吧。」
琳恩從旁邊插話，兩人聽了就只是用毫無霸氣的聲音答了一聲「好」。
看樣子他們的狀況是真的很差。那就趕快把書盡可能地裝進他們的袋子然後回去吧。
我們匆匆忙忙踏上歸途，兩人雖然一路上腳步沉穩，卻一直含糊地說著「好累」、「好沒勁」這種話。

2

隔天，在冒險者公會平常的位子上吃著飯的我，發現琳恩低著頭有氣無力地走了過來。
「妳怎麼這麼沒精神，該不會是那個來吧？」
「你的字典裡是不是沒有體貼這兩個字？才不是呢。是奇斯和泰勒都說身體不舒服，希望能暫時休息一下。」
琳恩坐上我對面的位子，邊嘆氣邊向店員點餐。

「他們還是沒什麼精神喔。明明我就分了好幾本我推薦的書給他們……該不會他們是因為那樣才動彈不得吧！」

雖然不像夢魔的夢那麼刺激，但我也沒有富裕到能天天光顧那裡。有那些書就隨時都能輕鬆滿足慾望，這對男人來說多麼值得感謝啊。

當我拿了一本給和真時——

「這是日本的色情漫畫耶！喂，你是從哪裡拿到的！有沒有跟沒有血緣的姊姊或妹妹調情的那種題材啊！」

他高興到甚至衝上來如此逼問我。

「這樣啊，奇斯他們也是太努力所以精疲力盡了是吧。」

「才不是呢！他們說因為都無法消除疲勞，這幾天不太想活動。」

「喂，未免太軟弱了吧，我可是超級有精神喔。」

「就只有你啦……雖然很想這樣說，但我也跟平常沒兩樣。」

是只有那兩個人染上什麼奇怪的病症嗎？

如果只是單純感到疲倦就好了。晚點帶些好吃的東西去找他們吧。

「算了，沒辦法，那我們也只能暫時停業了吧。」

「不能停業啦。你該不會忘記了吧？我們後天有接委託耶。那個村落附近出現哥布林，所以找我們護衛要回去村落的人以及討伐哥布林。你不是還因為那個任務的報酬不錯而樂得很嗎？」

「這麼說來，我們的確接下了那個委託呢。」

對方指定了日期，並說要招募四人左右的冒險者，於是我們就承接下來了。

昨天算是臨時安插的工作，剛好地點在附近就接下了，不過重點任務是這個才對。

「……這下該怎麼辦？」

「還能怎麼辦，現在只能去招募臨時隊員嘍。畢竟我們已經先收下四人份的報酬了。」

「就算想要找人，但是有那種前例在……」

他們先前曾排擠我去找了臨時隊員，結果僱用的男人是犯罪集團的成員之一，還差點因此遭遇危險。

當時靠著我的機智以及判斷力化解了危機，但還是有被那種人纏上的可能性。

「我覺得不會有第二次啦。而且從那次之後，公會對新人以及從別處過來的冒險者都有特別注意。」

「應該也不會連續發生嘛。總之避開奇怪的傢伙，試著募集看看吧。」

「嗯，我知道了，我去找露娜小姐談談看。」

琳恩朝著在打掃櫃檯的露娜跑去，提出了招募臨時成員的申請。

我們將布告貼上公布欄，之後就只能等人過來了。

至少一個人，不對，必須找到兩個人。可以的話最好是盜賊或戰士系的職業，不過再增加一名能夠遠距離攻擊的人員也不錯。

總之，我們好歹是在阿克塞爾小有名氣的冒險者，想必立刻就會有一大群人跑來應徵，讓我們難以選擇吧。肯定會演變成這樣。

3

「沒有人來耶……」

「對啊……」

明明在窗邊的特等席桌邊貼了招募臨時隊員的公告，卻沒有任何人靠過來。

雖然有不少人在公布欄看到布告後，往我們所在的方向看了幾眼。但他們的反應全是皺起眉頭，並沒有要靠過來的意思。

我們從一大早就等到現在，都已經快要中午了。

紅魔族的芸芸坐在離我們有點遠的座位上，用菜單遮住臉並看向這邊，似乎打算說些什麼，但我今天很忙，就先放著不管吧。

看來她跟平時一樣，孤單地一個人在玩呢。

「果然大家都不想加入有像達斯特這種小混混在的小隊呢。」

琳恩瞇著眼睛瞪向坐在旁邊的我，還向我遷怒。

是喔。既然都講到這個份上，那我也不用客氣了。

「喂喂，在把事情怪到我頭上之前，妳怎麼不換上會更受男人歡迎的打扮啊？這身衣服裸露度這麼低，一點看頭都沒有，這樣還算是女人嗎？換件有露出肩膀或胸口大開的服裝如何？這樣在冒險時根本不能期待發生走光或不小心看見的情況吧。那副孩子氣的打扮是怎樣啦，難道妳不懂什麼是性感嗎？」

「囉唆，我就是喜歡這副打扮。正因為你整天不是性騷擾就是起衝突，所以才沒有人敢靠近！你給我負起責任！」

「真是對不起啊——難道妳以為我會這樣道歉嗎！給我擠出妳缺乏的性感，試著去諂媚一下啊！即使是平胸也會符合部分人士的喜好啦！」

以前我曾跟這種喜好特殊的集團扯上關係，當時根本盡是些麻煩事。

「我再也無法原諒你了。我要把魔杖前端戳入你嘴裡，將魔法轟進去！」

「妳的思想也太恐怖了吧！要說無法原諒的人是我好嗎，跟我去外面單挑啊，我要讓妳親身體驗我有多麼偉大！」

我們才剛起身，附近就傳來「啊」的一聲，而且那還是相當熟悉的女性聲音。然而我選擇無視，並朝公會外面走去。

早我一步離開公會的琳恩雙手抱胸等在外面，我則是晚了一些才走出來。

「我今天一定要讓妳切身明白，我們的立場到底誰上誰下——」

「『Lighting』！」

「好危險！妳這傢伙不要突然就發動攻擊啊！妳在我出來前就已經完成詠唱了吧！」

「嘖！你明明每次都會被這招打中，為什麼今天卻躲開了？」

「妳這女人也太狂暴了吧！不過我已經沒有任何破綻。好啦，接下來我該怎麼辦？就先把妳剝光，讓妳後悔自己生為女人吧！」

我將雙手舉到比肩膀高的地方，讓手指做出了詭異的動作。

我可不想再讓她詠唱魔法了。接下來就是我的單方面蹂躪，給我做好覺悟吧！

「達斯特先生，琳恩小姐，請兩位適可而止！這樣會給大家添麻煩，可以麻煩你們去別的地方解決嗎？」

我才剛準備動手攻擊時就遭到妨礙，而對方正是太陽穴冒著青筋，臉上頂著微笑的櫃檯小姐露娜。

4

我搬出賣剩的桌子與椅子放在店門口，接著在桌邊貼上招募隊員的布告。
路上的行人雖然會往這邊看，但大家都只是一臉稀奇地望著這裡，完全沒有人來搭話。
偶爾有小孩好奇地跑過來，但立刻就會被母親慌忙地抓住。
「不乖喔，我不是一直跟你說不可以接近奇怪的人嗎？」
「媽媽，為什麼大哥哥他們要搬椅子坐這種地方啊？」
「大人總是會遇上很多狀況，你要假裝沒有看到。」
母親用非常溫柔的眼神看向我之後，就帶著孩子離去。
「那個……我說啊，這麼做有任何意義嗎？」
大概是因為害羞吧，琳恩低著頭坐在旁邊低聲說道，完全不敢將臉抬起來。
「沒辦法啊，公會拒絕讓我們在那邊招募隊員，我也想不到其他人來人往的地點了。」
「就算是這樣……」
或許是因為我們在公會裡大小聲，還在外面打起來的關係，所以被禁止在公會附近募集隊員。

於是我們只好跑來面對大街的這個地方擺攤。公會的公布欄上也有寫我們會在這裡面試，應該沒有什麼問題。

「我也不想在這種寒酸的店門口面試，但也沒辦法啊。」

「那就快點滾回去！你為什麼每次都要妨礙我做生意！」

聽見後方傳來的怒吼讓我轉過頭去，發現雜貨店的大叔正俯視著我。

明明這間店就以門可羅雀聞名，根本不需要為了這種小事抱怨吧。

「妨礙生意？你在說什麼啊。我們要在這裡募集我們的小隊成員，對此有興趣的冒險者將會一擁而上。在我們進行面試時，那群閒著沒事的傢伙就會去店裡物色商品並購買……大概會這樣吧。」

「才不會。要講大話就自信滿滿地講到最後啊。你看看周圍，根本沒有人想靠近。」

「……這附近的居民似乎都很害羞。」

「不是這樣好嗎。看到有人在店門口做奇怪的募集，卻還敢靠過來的人，我反而會比較驚訝。要當這個只會依本能行動的傢伙的監護人，小琳恩也很辛苦吧。」

「哈哈哈……即使是這種愛亂花錢、總是追著女人的屁股跑，又只會引發問題的傢伙，也依然是我們的夥伴嘛。」

「你們啊，要批評別人也等本人不在時再說啊……」

大叔聳聳肩，就走回店裡去了。

感覺琳恩似乎沒那麼害羞了，只見她抬頭望向天空。

我也跟著抬頭望去，就看到一片雲在那邊飄著，形狀就像是被壓爛的魚。

「好悠哉喔。」

「如果不用思考後天的事情，就這樣發呆感覺也不錯。」

「是啊。如果一直沒有人來應徵，那我就去拜託和真他們吧。反正他們一定很閒。」

「這就難說了。你想想，最近因為達克妮絲的事，他們似乎遇上了不少狀況喔。我聽說他們還因為討伐魔王軍幹部受到認同，所以被找去王都了。」

「該死，和真現在真的混得很爽耶。」

「很羨慕嗎？你好好表現的話，說不定也可以晉見愛麗絲公主喔。」

琳恩用手肘輕輕戳了我的側腹。

雖然我知道她是在開玩笑，不過公主這個詞還是讓我有些動搖。

「我才沒有興趣呢，被國王或貴族那群傢伙包圍什麼的，光是想像都讓我害怕。」

想起那時候的事情，就讓我有種難以言喻的感覺。

公主啊……

從跟那一位長得很像的琳恩口中說出公主這個詞，實在讓我不禁覺得很是諷刺。

「真的嗎～～？我以為如果是你，會很喜歡這個話題呢。」

「非常可惜，我雖然對女人及金錢有興趣，但是對於權力——」

「咦？達斯特先生，你在這種地方做什麼？是在想新的壞點子嗎？」

聽這聲音，是那傢伙吧。

轉過頭去，就看到打扮得規規矩矩的蘿莉夢魔。

她今天的服裝裸露度很低，給人穩重的感覺。

畢竟走在大街上不可能穿著店裡那種布料面積極少，跟內衣沒兩樣的服裝。

穿成那樣很可能會被警察逮捕，所以也是理所當然。

「達斯特先生最近都沒有來店裡光顧呢，該不會又沒錢了？」

「喂，笨蛋！」

不要在這個傢伙面前提夢魔店的事情啊！

妳們那間滿足男人慾望的夢想之店是專屬男性冒險者的祕密耶。

「咦？妳是先前來幫忙的女孩對吧？好久不見了！話說回來，那是指哪間店啊？」

「啊，妳好。呃，這個嘛，我說的店就是那個啦……絕對不是什麼奇怪的店家……」

不要一直偷瞄我跟我求救啊。

蘿莉夢魔真的很不會應付這種突發狀況耶。

這樣光看就覺得很可疑吧。

「這傢伙很容易緊張，不太擅長跟不熟的人說話。她指的是我經常光顧的咖啡店啦，那間店的制服有點性感，所以我很喜歡。」

「哦，原來是這樣。就算是工作，要應付這傢伙也很辛苦吧。」

「不會啦。之前店裡出事時也多虧有達斯特先生幫忙，雖然他很常引發問題，不過也有能讓人依賴的一面……吧？」

「哦？達斯特會幫人家的忙啊。」

好像是因為先前賣人情幫了她們，蘿莉夢魔竟然難得地誇獎我。

琳恩則擺明一副不相信的樣子，瞇起眼睛瞪著我。拜託妳別這樣。

「那張紙上寫著募集隊員，請問是發生了什麼事嗎？」

「我們有兩個夥伴身體不舒服，會影響到後天的工作，所以才來募集隊員。」

「原來是這樣啊，兩位辛苦了。」

「謝謝妳。啊，對了，可以的話妳要不要試試看？如果能用魔法操控人的夢境，應該也能使用別的魔法吧。如果妳能幫這個忙就太好了。」

「不，我能好好施展的魔法就只有那個而已，而且我也沒有冒險的經驗，應該只會礙手礙腳……」

她又開始用視線向我求救了。

這麼說來，我先前跟夥伴們介紹蘿莉夢魔時，好像說了她是新手魔法師的謊言。

帶這傢伙一起去只會造成問題，現在只能想辦法蒙混過去了。

「琳恩，這傢伙不會任何戰鬥用的魔法，帶她去也派不上用場。這樣吧，如果到了最後還是人手不足，就回頭拜託她來湊人數如何？」

「啊，這樣倒是無所謂。如果人手真的不夠，就請再跟我說吧。那麼，我還有工作，先走了喔。」

「不好意思，還耽誤了妳的時間。那個時候真是謝謝妳了～」

琳恩揮了揮手，蘿莉夢魔則在向她點頭致意後轉身離去。

「真是個好孩子。我完全不覺得她是你朋友耶。」

「那傢伙自己也有不少問題就是，不過算了。」

「這份工作絕對要找齊四個人，真要有個萬一就去拜託她吧。」

「等人手真的不夠時我會考慮。喔，似乎有人很有興趣地靠過來……」

我朝逐漸往這邊靠近的人影望去，就看到一名身穿金屬鎧甲的金髮女人。

「呃，原來是妳喔。」

對方是我們認識的冒險者。和真小隊的成員之一，擔任前鋒的十字騎士達克妮絲。

雖然外表亮麗，在防禦層面也非常優秀，但是……

「看著別人的臉露出失望的表情，也未免太失禮了。我可是在公會看到募集冒險者的公告，還跟露娜問過之後特地過來這裡的耶。如果你們的人手不足，要不要僱用我啊？」

「我拒絕！」

我毫不猶豫立刻回答。正因為體驗過跟這些傢伙扯上關係會有多慘，我完全不想再跟她組隊了。

「等等，達斯特！你不是說如果找不到人就要去拜託和真他們嗎？而且之前也有跟和真他們組過隊吧。」

「啊～～我是當這位達克妮絲不在時去幫過忙啦。琳恩，妳聽好了，我承認自己確實有說過要去找和真他們幫忙。不過呢，那是以和真也在場為前提。如果監護人不在，我們根本沒有能耐單獨應付這種人。琳恩，妳有自信在不執皮鞭的狀況下，管控好沒被鎖鍊綁起來的猛獸嗎？」

「竟然當面如此辱罵我，這是怎樣？某種獎勵嗎？」

望著雙頰泛紅粗喘起來的達克妮絲，琳恩也有些退避三舍。

看來她稍微理解到對方有多危險了。

「妳的攻擊完全打不到人，就只有防禦硬到不行，而且會對敵人發動毫無意義的捨身攻擊，挨了敵方攻擊還會非常高興。我還有很多例子可以講喔。」

我扳著手指依序舉出達克妮絲的缺點，她就紅著臉忸怩起來。

「這樣被你一一講出來，我會覺得有點害羞，不過這跟羞恥懲罰好像又有點不同……」

「………」

聽完我的發言以及看到達克妮絲的反應後，琳恩陷入沉默，似乎是不知該做何反應。

「真要講起來，和真他們是怎麼了？妳只要跟隊友一起接委託就行了吧？」

「關於這個啊，由於至今為止的欠債一筆勾銷，還得到一大筆錢，所以和真就不肯離開家裡了。實在是受不了那個男人。」

和真不想工作了啊？這麼一來，他的確沒有僱用達克妮絲的理由了。

不過我還是希望他不要放任三名問題兒童不管。

「話說妳真的有空做這種事嗎？前任領主失蹤，妳老爸成了阿克塞爾的新領主吧？我聽說妳目前正代替身體狀況不佳的老爸執行各種工作，這樣妳應該沒空當冒險者吧。」

總之先用問題攻勢試著趕走她吧。

「是這樣沒錯，但那些做不慣的工作讓我累積了不少壓力。如果能被魔物痛打一頓，心情應該會比較舒坦……我的意思是，想說就接個委託轉換一下心情。」

「事到如今妳擺出再精明的表情也沒用了，反正妳肯定是被其他人拒絕才來這裡吧。」

「嗚咕。」

看來被我猜中了。和真的小隊成員全都是以怪異行徑聞名的傢伙。說實話，一旦跟這幾個傢伙組隊，身體肯定吃不消。

「我們不打算僱用妳，請妳離開吧。」

「唔，給我記住！竟然讓我在眾人面前丟臉……會覺得感覺還不錯的我，看樣子應該已經沒救了吧。」

達克妮絲低聲說著危險的發言，並跨步離去。

我覺得她真的完全沒救了。

該說是很有個性嗎？如果沒有那種癖好，她應該會相當優秀吧。這女人實在有夠可惜。

「我雖然也有聽過達克妮絲的傳聞，不過人還真的不能用外表判斷呢……」

望著那道逐漸遠去的背影，琳恩雙手抱胸低聲說道。

現實有時非常殘酷。明明地位和外表都不錯，實在有夠浪費。

「哎呀，看達克妮絲那麼生氣，我還想說是怎麼了，原來是在招募成員啊。」

「……問題兒童又出現了。」

達克妮絲離開後，接著現身的是腦袋有問題的爆裂女孩，紅魔族的惠惠。

聽到達克妮絲說的那些話，我就有不好的預感，沒想到連這傢伙都出現了。

「哦，招募小隊成員啊……雖然你是濃縮和真的缺點於一身的爛男人，不過也沒辦法了。你們運氣很好，我現在正閒著，需不需要偉大的爆裂魔法師來——」

「不需要！」

我沒等她說完就開口拒絕。

我們是在募集值得依賴的夥伴，並不是照顧問題兒童的托兒所。

「我話才講到一半耶！你對屠殺魔王軍幹部的爆裂魔法有興趣——」

「沒有！」

「為什麼啦！若想跟攻擊力傲視群雄的爆裂魔法師成為夥伴，這可是第一次也是最後一次的機會了喔！現在只要請我吃晚餐當報酬就行了！」

她會這麼拚命低頭拜託，就表示這傢伙跟達克妮絲一樣被其他冒險者拒絕了。

爆裂女孩說的是事實，那種魔法的破壞力無庸置疑。

不過——

「我們不需要那種效率差到只能使用一次的魔法，而且要對付哥布林的話，也不需要用到那種火力，請妳離開吧。」

雖然我朝著大街上指去，但惠惠完全不打算離開。

我偷偷瞄了琳恩一眼，發現她露出難以形容的困惑表情。

對同樣身為魔法師的琳恩而言，惠惠的確有值得尊敬的地方，但是在聽過她平時的負面評價後……嗯，確實會教人露出這種表情呢。

「好了，請開始面試吧。別看我這樣，我也做過各式各樣的打工，很習慣面試喔。」

惠惠完全無視我說的話，直接坐到對面的椅子上。

把這種膽量分一點給同為紅魔族的芸芸好嗎。

「像妳這樣的個性，真虧有辦法去打工耶。」

「嗯，是啊。畢竟我長得還不錯嘛。」

「這種事不要自己誇獎自己啊！沒什麼好面試的，我已經拒絕妳了。」

「呵，我可沒有脆弱到面對這點程度的拒絕就會退縮。除非你哭著說出『剩下的東西都可以給妳，拜託妳不要再來了！』這種話來拒絕我，否則我絕對不會離開這裡！」

這傢伙也太惡質了吧。

現在的問題是究竟該怎麼做，才能把這個空有幹勁的傢伙趕走。

明明只是在招募隊員，為什麼我非得為這種毫無意義的事情煩心啊？

「達斯特，這該怎麼辦啊？」

「總之就交給我吧。」

我輕輕點頭回應對我說悄悄話的琳恩。

看來不必奢望她會直接回去了。沒辦法，就先假裝面試一下，這樣應該就能滿足她了。

「那就開始面試吧。我們接下了護衛及討伐哥布林的任務，正在募集隊員，所以請告訴我妳最大的優勢吧。」

「我最自豪的就是壓倒性的火力！無論面對什麼對手，都能讓他回歸塵土！」

「原來如此，妳的優勢是壓倒性的火力啊。那麼，如果有一大群哥布林從四面八方出現，請問妳會怎麼做？」

惠惠明明前一秒還用力高舉法杖擺出自信滿滿的態度，這時候又立刻移開視線，一坐回椅子上就死盯著桌子不肯抬頭。

「關於這點……那個……」

「妳無法好好回答這個問題嗎？如果四周都出現哥布林妳會怎麼做？要是妳無法果斷地回答，我們也會很困擾耶。哎呀，妳是在假裝內心受到傷害了嗎？快別這麼做，這樣不就像我在做什麼壞事一樣嗎？」

我拍了拍桌子向她施加壓力。

在這種情況下，遣詞用字越有禮貌，就越能將對方逼入絕境。

「哇啊。」

一旁的琳恩雖然用冷漠的眼神看著我，但如果不將這傢伙趕出去，一旦出了事情妳也會遭殃喔。

「呃……那個，用爆裂魔法攻擊敵人最多的地方……」

「原來如此。這一擊將好幾隻哥布林炸飛了，但是眼前還剩下十來隻敵人。請告訴我妳接下來要負責做什麼？」

「關於這點……那個……」

「請、回、答、問、題。妳該不會要說自己就只是倒在地上什麼事都不做吧！當夥伴們在拚命戰鬥時，妳究竟在做什麼？如果妳無法確實回答，那我們也沒有辦法僱用妳。」

被我逼問到最後，惠惠用力站起身，無言地跑走了。

她跟躲在遠方遮蔽處盯著這裡瞧的達克妮絲會合，接著一陣交頭接耳。

可以看到她將法杖前端指向這裡，打算做些什麼，達克妮絲則立刻將她架起來阻止。

……到底在幹嘛啊？

「再怎麼說，未免也太過分了吧？就不能婉轉一點拒絕她嗎？」

「雖然妳可能還不太懂，但等妳去問和真跟芸芸關於那個爆裂女孩做過的蠢事後，妳就會知道我這個判斷有多正確，轉而好好感謝我了。」

而且要是讓爆裂女孩加入，就會有兩個魔法師，隊伍的配置也會失衡。

實際發生戰鬥時，會變成只有我一個戰士系職業，要揹著動彈不得的惠惠，同時還要保護琳恩，這根本是不可能的任務。

只有我也就算了，可不能讓琳恩遭遇危險。

「我覺得狀況應該沒有那麼糟。」

「妳等下次和真在的時候去參加他們的小隊吧，這樣妳就能實際體驗我說的情況了。只要和真在場就不會出事……應該吧。」

「聽你這麼說，只讓我覺得很不安。」

「到時候妳會切身體認到我們的隊伍是多麼正常又受老天眷顧……喂喂，真的假的，拜託饒了我好嗎？」

又有一個女人往這邊走過來。

從先前的情況來看，果然還是出現了。

那個麻煩教團的祭司，有著一頭水藍色頭髮，以自稱女神為哏的女人。

「你是先前被我復活的……那個誰啊？」

「達斯特！我也有自我介紹過了吧！那時候真是麻煩妳照顧了，這點我非常感謝妳。」

畢竟在我被多頭水蛇當美食吞掉，身體有一半遭到溶解時，這個女人對我有救命之恩，所以實在沒辦法對她太強硬。

「對了對了，就是這個名字。所以說，你為什麼會在這種地方招募隊友啊？」

「因為被公會趕出來了。不過我們已經找齊人手，準備閃人了。」

快趁這傢伙也說出要參一腳前先收攤吧。

我曾聽和真說過，這傢伙作為祭司的實力高超，但她的個性比另外兩個人還要棘手。

實際上，我先前在沒有和真在場的情況下跟她們一起冒險時，就親眼目擊過她破天荒的行為。

雖然我也想找個負責回復的人加入小隊，但這傢伙完全不在考慮範圍內。

「等等，你過來一下。」

琳恩起身硬是把我朝店面的方向拉過去。

「大白天就拉著男人跑去陰暗處，妳還真大膽呢。」

「別開玩笑了，明明還沒有找到隊友，你是在亂說什麼啊。那個人是幫你復活的大祭司阿克婭小姐吧？既然是那麼厲害的人，我們應該主動邀請她才對啊。」

「妳根本什麼都不懂。我承認她的能力很強。但是啊，那個和真可是斷言她是三個人當中最麻煩的問題兒童喔。附帶一提，我跟和真持相同意見。」

「不過對方是祭司吧，神職人員怎麼會做出有問題行為呢？」

「她可是那個阿克西斯教的教徒喔。」

根據傳聞，就連魔王軍都將阿克西斯教徒視為麻煩的集團。

站在那裡的祭司完全就是令人不安的存在。而且還是堅稱自己是女神，腦袋有問題的傢伙。

「但、但是我們小隊不是從以前就想找祭司加入嗎？」

「是啊，不過阿克西斯教徒除外。」

「吶，你們在講什麼？一個人被晾在旁邊很寂寞耶。」

正當我們背對著阿克婭討論時，她的聲音突然從後面傳來。

轉過頭去，就看到她從桌子那邊探出身子，正在窺探我們這裡的情況。

「抱歉，我們有些事情要討論。如果妳是來應徵隊員，那就不好意思了，就像我剛剛說的，我們已經找到隊員了。」

「但是達克妮絲跟惠惠都說你們還沒找到耶。」

可惡，跟那兩個人打聽過了喔。

明知道她們都被我拒絕，為什麼這傢伙還要跑來啊？

「那就僱用我嘛。即使隊友死了，我也能立刻幫忙復活喔！謝禮可以用酒錢代替。」

這點的確很吸引人，由於我也被復活過，所以知道那不是謊言。

然而她的問題實在多到足以抵銷這個優點。

「而且在面對不死族時，我還能立刻淨化它們喔。」

「很可惜，委託是討伐哥布林，所以沒有妳能發揮的地方。」

「哥布林啊。只要不是巨型蟾蜍我就無妨，我已經不想再全身沾滿黏液了。」

她討厭那個啊，早知道就說謊騙她了。

阿克婭跟那兩個人不同，在能力上沒有問題，所以很難拒絕。不然乾脆就帶她一起去？但是……

一往阿克婭後方望去，就看到面試後遭拒的兩人正躲在遮蔽處盯著這裡。

要是讓這傢伙加入，那兩個人肯定會來抱怨。

一個人就算了，要帶上三個人，我沒有自信能控制她們！

就沒有什麼好方法能讓她放棄嗎！有沒有好用的藉口……這麼說來，我先前有聽說過一件事，就拿那個試試看吧。

「其實我找了巴尼爾老大來幫忙。」

「什麼啊啊啊啊？你要跟那個混帳惡魔一起冒險？你到底在想什麼啊？難道你不知道他跟那種跟黏在廁所裡，無論怎麼擦都清不掉的汙垢是同等存在嗎！」

「這、這也講得太誇張了。巴尼爾老大還滿常照顧我耶。如果妳可以跟老大一起冒險，那要跟來也無妨。」

「我才不要！要身為女神的我跟惡魔一起冒險這種事，最好是辦得到啦！」

這傢伙對女神的設定真的是寸步不讓耶。

即使是謊言也要堅持到底這點真是了不起。

「這樣啊，那真是可惜。下次有機會再麻煩妳吧。」

「最好不要再跟那種傢伙來往了。這可是女神給你的貴重忠告。」

「喔，我會銘記在心。」

我在對阿克婭離去的背影揮手的同時握緊了拳頭。

成功把麻煩人物趕走，讓我有種完成工作的感覺。是不是該回公會喝一杯啊？

「這麼一來所有問題都解決了。」

琳恩在這時轉頭面向我嘆了口氣。

「你知道嗎？其實我們沒有解決任何問題喔，因為根本沒有找到隊員。」

「……啊！」

只顧著趕走那三個人，讓我徹底忘記要招募成員的事情了。

沒錯，一開始的目的是要在後天出發前找齊兩名隊員。

再這樣下去會演變成要退還訂金吧。

「這該怎麼辦才好，我可沒錢喔。」

「為什麼會沒錢？我不是兩天前才給你嗎？」

「那點小錢早就全部花光了。妳知道嗎？錢不能存著，要拿出去流通才能促進經濟。」

「你那種叫完全不考慮後果的浪費吧。這下傷腦筋了，如果有認識的冒險者現在剛好很閒就好了。」

「到底該怎麼辦才好？」

「是說，差不多該回應對方了吧？我都開始覺得她很可憐了耶。人家在公會時也一直在偷看著我們吧。」

琳恩在跟我面對面說話的同時將視線往旁邊瞥去，我很清楚那邊有什麼，所以刻意不看向那邊。

「妳也注意到啦。」

打從我們坐在這裡開始，就有一名可疑人物在隔了一段距離外的地方徘徊，每次打算往這邊靠近時就開始碎唸，接著躲回原處，不厭煩地不斷重複這個迴圈。

以年紀來說，那傢伙無論容貌及身材都不錯，更是能使用上級魔法的紅魔族大法師。

明明如此卻經常單獨行動的落單魔法師——芸芸。

「又不是不認識她，別想太多，直接打招呼就好了啊。」

「她不擅長跟別人相處吧。這在冒險者之間也是眾所皆知的事啊。」

我覺得那傢伙與其說不擅長跟人相處，不如說只是怕生。跟我說話時明明就很不客氣。

「嗯～～不然就去邀請她吧？她全身都在散發想加入我們的氛圍耶。」

「那孩子很單純，我其實不太想讓她加入我們小隊耶，總覺得她會被你跟奇斯汙染。」

「妳這是什麼意思啊。無論如何，只是找臨時隊員就不用擔心那種事了吧。真要說起來，我跟芸芸已經是朋友嘍，雖然妳拒絕她了。」

以前我在幫芸芸尋找朋友時，曾介紹琳恩給她認識，但這傢伙想太多就拒絕了芸芸。

「畢竟是你要求的事情，當然會覺得可疑而有所警戒啊。我根本無法照字面去思考，只覺得你在作弄人。」

「明明就錯在妳擅自誤解耶，我偶爾也會基於善意為他人行動啊。」

「一年了不起一次吧？」

「我就用嘴唇封住妳那張整天在強詞奪理的嘴，讓妳再也無法講話。」

「辦得到你就試試看啊。達斯特，你要是敢對我做奇怪的事，我就把你的內褲送去給喜歡你的那個貴族！」

「喂，住手！做人不能這樣吧！」

雖然不知為何琳恩在我面前總是這麼氣沖沖的，但那樣做是違反禮儀吧。那件事對我來說可是是心靈創傷耶！

即使是我們在互罵的這段時間，芸芸依然在視野角落持續前後移動。

只要我們不主動打招呼，她就會一直持續下去吧。

「她真是越看越可憐，達斯特，你去打招呼啦。」

「不，讓那傢伙加入的話就會有兩名魔法師了耶，這樣隊伍配置會失衡啦。」

「如果是那麼優秀的大法師，讓她加入根本不會有損失吧。你看，她因為沒有勇氣過來搭話，感覺都快哭出來了。」

明明好幾次都走到相當靠近的地方了，就不能再跨出一步嗎？

如果琳恩不在場，芸芸就算再怎麼猶豫，還是會來找我搭話吧。

真拿她沒辦法，就由我主動開口吧。

「喔，這不是芸芸嗎？怎麼了？是來借我錢的嗎？如果是想找我去吃飯，要挑可以喝到美酒的店喔。當然，算妳請客。」

「我沒有要借你錢，也沒有要請客！不、不過這還真巧呢，你在這邊做什麼？」

芸芸露出高興的笑容往這邊跑過來的模樣，看起來就跟搖著尾巴靠近的小狗一樣。

雖然她裝出好像剛發現我們的樣子，但遺憾的是，她的演技實在爛到極點。

她每次用來掩飾落單的演技都爛到讓人看不下去。明明就可以學我厚起臉皮，更加抬頭挺胸地活下去啊。

「啊，因為我們隊上有兩個人身體不舒服，所以在招募臨時隊員。」

「哦～～是這樣啊，那還真是傷腦筋呢。」

明明是妳開口問的，不該這麼回應吧。這傢伙是演技爛到語氣毫無抑揚頓挫的演員嗎？

這時候應該由我開口邀請她……但為了幫芸芸克服溝通障礙，就再跟她多聊一下吧。

如果芸芸連這點小事都無法主動開口，那將來真的會很危險。

「是啊，因為實在找不到人，所以差不多要放棄，準備去找認識的人幫忙了。」

「原、原來是這樣啊。這樣的話，要是你們很困擾……」

「什麼～～妳講話聲音太小了我聽不清楚，是有什麼話想跟我說嗎？還有啊，妳沒有要用那種羞恥的方法自我介紹嗎？」

「那個是我們村里定下的規矩，我並不想那麼做。比起這件事，該怎麼說呢，那個……就是，如果你們人手不足的話……那個……」

她低頭玩著手指，無法直接說出她的意圖。

明明一對一面對爆裂女孩或是我的時候就能好好說話。

「達斯特，你就別再欺負她了。可以的話，只要幾天就好，妳可以來當我們的隊員嗎？之後一定會支付報酬給妳。」

琳恩戳了戳我的頭，從旁插話。

看來是對我跟芸芸的對話感到不耐煩了。

「我真的……可以加入嗎？」

「嗯，能拜託妳嗎？」

「好的，小女不才還請多多指教！」

看來芸芸是真的很高興，只見她誇張地不斷低頭道謝。

明明是我們請她幫忙，這樣立場根本反過來了。

「喔，拜託妳了。明天就到公會來……但妳每天都在對吧。那就等我們去找妳嘍。」

「我知道了！我隨時等你們過來！」

芸芸小跳步離去的背影，完全顯露出她有多麼高興。

她作為戰力根本無可挑剔，我甚至覺得放她獨自一個人也沒問題，但有她的幫忙，對我們而言也是賺到了。

「總之這樣就找到一個人了呢。」

「太陽也要下山了，明天再繼續吧，只差一個人應該還是有辦法招募到吧。」

「雖然我覺得你這個想法太樂觀了，不過應該沒問題呢。」

我們把拿來販售的桌子和椅子放回雜貨店原本擺放的位置後，琳恩好像就跑去向大叔道歉。

反正都是一些賣不出去的東西，根本不需要在意吧。

距離期限還有一天，今天早點吃個飯喝杯酒然後睡覺吧。

明天的事情等明天再來煩惱就行了。

5

坐在公會裡平時的位子上，我邊打呵欠邊吃著早餐，這時對面就坐了一個瞇起眼睛瞪著我的女人。

「所以說，雖然我也沒有找到人，但關於你昨天講完『交給我處理』之後，就跑去跟冒險者吵架互毆，落得被關進看守所住了一晚的下場，你有什麼想辯解的嗎？」

「我沒有錯！我明明是在說要招募冒險者的事，他們卻把我先前欠錢的事拿出來講，是那些傢伙不好！」

到了委託當天依然找不到最後一名隊員而心情不悅的琳恩，以及坐立難安，不知道該如何是好的芸芸。

「這、這該怎麼辦才好？找齊四個人是必要條件對吧？」

由於芸芸非常期待這次可以組隊工作，所以顯得相當慌張。

畢竟她高興到從昨天開始，就在公會讀起「第一次組隊的初學者指南」還有「輕鬆與他人談話的方法」之類的書。

還買了大量的冒險用糧食裝滿背包，我剛剛想說可以幫忙減輕重量，便拿了一點來當早餐，她就眼泛淚光追著我到處跑。

「別擔心，我把這傢伙找來了。」

我回頭招了招手後，一名少女就站到我身邊來。

一看到那名人物，兩人就接受了我的備案。

「這是我第一次參加冒險，還請大家多多指教。」

向大家低頭致意的人正是蘿莉夢魔。我早上去拜託她之後，她就立刻答應幫忙。

我姑且還是要她穿上披風和帽子，打扮成類似魔法師的模樣。

一名前鋒加上三名魔法師，是個連講客套話都無法用「戰力均衡」來形容的隊伍，但也只能硬著頭皮上了。

「不好意思，都是這傢伙勉強妳。」

「初、初次見面！我是紅魔族的芸芸！興趣是能一個人玩的遊戲以及閱讀！我隨時都有在招募朋友！」

為什麼是芸芸這麼緊張啊？這可不是在相親耶。

她真的對初次見面的人沒轍，光是站在旁邊都能感受到芸芸有多緊張。

「初次見面，妳是芸芸小姐啊。我是……蘿莉莎。」

這是我們今天早上想好的假名。

身為惡魔要是讓人得知真正的名字似乎會有問題，於是就隨便想了個名字。

這麼一來，即使差點對她叫出蘿莉夢魔，應該也能蒙混過去。

「兩位似乎也是魔法師呢，前輩們，還請多多指教。」

「前輩……這聽起來真不錯呢。」

看來這稱呼讓琳恩頗為受用。

咦？被稱為前輩時應該最高興的傢伙好安靜喔。

因為芸芸不發一語，於是我便朝她望去，就發現她正用雙手壓住笑到合不攏嘴的臉。

「呵呵，前輩啊……之後得跟惠惠好好炫耀了呢。」

看來她比我想像中還要高興。

怪了，雖然我也是現在才突然發現，不過這可是所謂的後宮小隊耶！

跟和真他們一樣是三女一男。

這原本是值得慶賀的事情，不過呢……

芸芸單看身材是還不錯，但太年幼了。

蘿莉夢魔似乎有點年紀了，然而外表在三人當中卻最為稚嫩。

這麼一來就只有琳恩了。雖然個性苛薄，胸前也不夠偉大，但其他都符合我的喜好。

真要說起來，在這種情況下還挑剔肯定會有報應。只有男人的骯髒小隊滿街都是，跟那種隊伍比起來，我的小隊根本是天壤之別。

目前在公會的男人們也全都羨慕地看向這裡。

天啊，這真的有夠爽！

「好了，讓我們提起精神出發吧。」

「真難得看到你這麼有幹勁耶，該不會又在想什麼奇怪的事情吧？」

「才沒有那種事呢。」

所以說不要瞪我。琳恩在奇怪的地方相當敏銳，實在讓我很困擾。

如果能趁這個時候作為隊上唯一的男人好好表現，她們說不定就會介紹前凸後翹的夢魔，或是芸芸少得可憐的朋友給我認識了。

……不，期待芸芸有朋友未免太殘酷了。

我就在冒險中讓琳恩見識我帥氣的一面，改變她對我的觀感吧。

6

「『Light Of Saber』！」

才覺得有一道光閃過，魔物們就被切成兩半炸掉了。

「『Fire Ball』！」

火球直接命中魔物，接著就傳來一陣香味。

我、琳恩跟蘿莉夢魔就這樣站在馬車前看著芸芸大顯身手。

平常會讓我們陷入苦戰的敵人，就像是垃圾一般被擊敗。

「她真是幹勁十足呢。」

「對啊。」

我站在呆望著那副光景的琳恩旁邊回道。

「根本不需要我們吧？」

「對啊。」

並對蘿莉夢魔一語中的的問題表達肯定。

芸芸實在太有幹勁，只要一有魔物出現，她就會立刻衝出去施放魔法掃蕩敵人，所以我們沒有任何出場機會。

不只是魔法威力強大，就連魔力量都很高，只見魔物在我們的注視下不斷被清掃殆盡。

紅魔族還真是厲害呢。只論魔法威力的話爆裂女孩確實很不得了，不過講到綜合能力還是芸芸比較厲害吧？

我原本也打算在戰鬥中活躍一番，不過就這樣交給芸芸也比較輕鬆，於是決定跟其他人一起站在原地觀摩。

芸芸在掃蕩完魔物後，就一臉得意地邊擦拭額頭上的汗水邊走回來。

「我把魔物打倒了！」

「妳真的很強呢，同為魔法師，我真的很尊敬妳。」

「喔喔，真不愧是芸芸。妳總有一天會成為紅魔族族長是吧，真的擁有相符的實力呢！嘿，紅魔族第一的魔法師！」

「前輩，妳真的超帥！我好崇拜妳喔！」

受到所有人的讚賞，讓芸芸滿臉通紅地低下頭去。

她似乎很不習慣這種場面，看來是真的很害羞。

這個人這麼好哄真的幫了大忙。這麼看來，就算把戰鬥全交給她負責好像也行。

我們重新回到馬車，悠哉地上路。

光是讓芸芸加入隊伍就能變得如此輕鬆啊。等等，要是趁現在繼續拍芸芸馬屁把她捧上天，以後說不定還能找她幫忙呢。

這樣即使面對強敵應該也能輕鬆打倒，我們今後的冒險生活也可以變得更加安泰吧。

好，就先講一堆好聽話把她捧上天吧。

我坐到芸芸旁邊。

「哎呀，說實話，芸芸，妳的魔法真的有夠厲害，這還是我第一次見到這麼強大又優秀的魔法師呢。」

「沒有啦，你過獎了。就紅魔族來說，這點程度很普通的。」

「妳不用那麼謙虛喔，那個爆裂女孩可是施展一擊就不行了。跟她比起來，妳無論使出多少次強力魔法，也不會給隊員造成困擾，根本超棒的啊。」

「我比惠惠還要厲害嗎！你真的這樣覺得？」

「喔、喔喔，對啊，肯定是芸芸比較厲害。」

「嘿嘿嘿，好高興喔。」

這些誇獎比我想像中還受用呢。雖然芸芸平時經常說自己跟惠惠是勁敵，不過她比我預想中更在意這層關係。

原來如此，重點在於要拿那傢伙當比較對象來誇獎她是吧。

「吶，妳們應該也這樣覺得吧？」

為了讓芸芸高興到能夠輕鬆使喚她，我就試著要琳恩和蘿莉夢魔也來誇獎芸芸，然而兩人卻是保持沉默。

喂喂，拜託妳們識相一點啊。

我轉過頭確認她們是不是在做別的事情，就發現琳恩一臉不悅地看著風景，蘿莉夢魔則是微微鼓起臉頰瞪著這邊。

這兩個傢伙幹嘛不開心啊？戰鬥可以落得輕鬆，應該值得高興啊。

「妳們怎麼了？該不會是暈車了吧？」

「沒有啊，芸芸真的很厲害呢，跟我這種光是用中級魔法就使盡全力的魔法師不一樣。雖然被你誇獎我也高興不起來啦。」

「前輩跟只會操縱夢境的我完全不能比呢，達斯特先生喜歡實力堅強的魔法師吧。」

難道說是因為芸芸表現得太好，讓身為魔法師的她們嫉妒了？

被拿來跟和真比較的話，有時候我也會覺得不開心。看來我真的誇讚到有些過頭了。

差不多該輪到我們表現了，魔物似乎也正往這邊靠近呢。

「好，現在正好有魔物往我們接近的樣子，這次就讓芸芸休息，單靠我們來處理吧。」

「咦？魔物嗎？啊，真的有東西往這邊跑過來了。」

早早發現眾多魔物的腳步聲及氣息後，我立刻指示車伕停下馬車讓我們出去。

可以看見一群魔物往這邊飛奔而來。

「是哥布林集團！」

車伕近乎慘叫地吼道，並且跑進馬車當中。

由於我們已經非常接近村落，所以主要目標哥布林就跑來襲擊了啊。只要能在這裡打倒牠們，這次的委託就完成了。

「你們千萬不要從馬車裡出來！讓大家見識一下我們的實力吧。」

「也是，我正好累積了不少的壓力呢。」

「我也會加油！」

看來她們兩個也是幹勁十足呢。我很清楚琳恩的實力，不過蘿莉夢魔又如何呢？說實話，我覺得她只是單純來湊數的而已。

無論如何，我能做的事情有限。就是衝前鋒吸引敵人注意，拖延時間讓後衛詠唱魔法。

哥布林總共六隻，要自己一個人應付其實有些辛苦，不過這正是男人表現的時候。

要是能用長槍，這些魔物其實也不算什麼，但事到如今講這個也沒用。

「好了，放馬過來吧！就由我達斯特大爺來當你們的對手！」

我大聲吼叫吸引注意，接著用力揮舞長劍。

現在的目的不是打倒敵人，而是像這樣牽制牠們，不讓對方去攻擊後衛。

跑在前面的兩隻哥布林雖然有些膽怯，但其他哥布林則是從側面對我發動攻擊。

我姑且是用劍彈開了，卻無法躲開從另一側衝過來的哥布林所揮下的棍棒。

做好挨打的覺悟並擺出防禦架勢後，卻一直沒有感受到疼痛或衝擊，相對的，那隻哥布林更是直接倒在地上。

毫無外傷卻倒在地上的哥布林發出悠哉的呼聲。

「達斯特先生，你沒事吧？『Sleep』有起效果真是太好了～～」

蘿莉夢魔安心地撫摸著胸口。

是那傢伙用魔法讓哥布林睡著的啊？

「妳很厲害嘛，蘿莉夢……蘿莉莎！」

我舉起大拇指誇獎她後，蘿莉夢魔也害羞地回以同樣的手勢。

「『Lighting』！現在不是做這種事情的時候吧！」

一道雷光從我的後方閃過，直接被擊中的哥布林全身冒出白煙倒在地上。

「幫大忙了，琳恩！一口氣解決牠們吧！」

7

我們沒有借助芸芸的幫忙，也成功驅離了哥布林集團。

能打得這麼順利，都多虧了快攻就讓兩隻哥布林陷入無法戰鬥的狀態吧。而且蘿莉夢魔出乎意料地派得上用場，實在讓我吃了一驚。

雖然無法使用能造成傷害的攻擊魔法，卻能施展「Sleep」、「Paralyze」這類魔法，她充分的活躍確實幫了大忙。

「真的好厲害喔！辛苦大家了。」

乖乖聽話完全沒有出手在一旁觀摩的芸芸，也打從心底為大家高興。

看到芸芸那副模樣後，琳恩和蘿莉夢魔內心的不滿似乎也消失了，三人正和樂融融地交談。在這個情況下，我這個男人就完全被排除在外了。

這時只見護衛對象的村民正從馬車探出頭警戒四周，我就去找他聊聊吧。

「放心吧，我們已經把哥布林打倒了。」

「哦～～這樣啊！謝謝你們，有委託你們真是太好了！是說總共打倒了幾隻？」

「六隻吧。」

我折起手指計算倒在地上的屍體並報出數字後，村民立刻皺起了眉頭。

這可不是感到滿足時會露出的表情。

「怎麼了？數字不對嗎？」

「是的，根據村子的居民所說，那是十隻以上的集團。」

「喂！在提交事前情報時，你不是說五到六隻嗎？」

委託書上是這樣寫，直接詢問村民時也是這樣報告。

「哎呀～～關於這點啊，要是哥布林的數量太多，委託費不就會增加了嗎？」

「所以你才謊報了啊……」

「對不起！不過，為了老年的生活，節約可是很重要的對吧？」

「要是沒命了也就不會有老年生活了啊！」

「是沒錯啦，但我家兒子完全沒在工作，成天在家裡遊手好閒！要是不存錢我就會感到很不安啊！」

「我知道了啦！不要哭著抱上來！」

被一把年紀還淚流滿面的男人抱住，我完全高興不起來。

我拚命把對方推開後，就看到琳恩她們正看著這邊，低聲討論著某些事情。

「我最近覺得那傢伙有些奇怪。明明總是追著女人的屁股跑，但定期會有段時間會變得很乖，而且前陣子還被男人喜歡上。」

「咦？難道達斯特先生是男女通吃嗎？我有在小說上看過男生間打情罵俏的故事……」

「我懂我懂。」

「妳們幾個，我都聽見了喔！不要擅自講起奇怪的事情！」

真要講起來，蘿莉夢魔明明就知道原因吧。

只要是利用過那間店的隔天，就會因為得到滿足而讓那方面的欲求變得稀薄。

「唉，沒辦法了。費用的問題就之後再討論，我們會把委託完成啦。」

「謝謝你！謝謝你！」

「所以說你不要抱住我啊！煩死了！」

「「「果然。」」」

「妳們不要一臉認同啊！我是直的！先前也發生了一些事，這樣下去會很麻煩耶！」

完全無視我大聲的否定，那群女生擅自興奮了起來。

這三個人感情要好固然是好事，不過這對我來說完全是壞事吧？

她們要是共享了我先前做過的蠢事……

「這麼說來，先前和巴尼爾先生……」

「咦，原來他還做了那種事啊？我都不知道耶。」

「之前也有發生過這種事……」

不行！這下子真的糟透了！

這幾個傢伙聚在一起完全就是個錯誤。

「喔，對了！關於接下來該做的事情！」

這下只能強行改變話題了。

我闖進不斷說著我壞話的三人之間，強硬要求她們跟我討論今後的方針。

8

「達斯特，真的是這條路嗎？不管怎麼走都只看得見樹木耶。」

「要抱怨去找村長講啦，是那傢伙說目標在這條路上的啊。」

之後我們平安將村人們送回村莊，接著從村長那邊聽完詳細的狀況，就出發前去討伐哥布林。

當然，我們有要求提高報酬。基於同情去做要賭上性命的工作也太不合理了。

如果是沒有收入的工作就會想偷工減料，這才是所謂的人性。

像我這種偷懶成性的男人，如果沒有名為金錢的目的，根本不會有任何幹勁。我可不是騎士那種只為名譽而活的存在。

「呃，我記得是這條路深處的洞穴已經變成哥布林的巢穴了。我們預計在天亮時發動襲擊，然後我負責用魔法讓外面的守衛睡著，是這樣沒錯吧？」

蘿莉夢魔複誦了一次事前說明做確認。

這傢伙一開始明明興致缺缺，大概是自己在討伐魔物時有嶄露身手，所以很開心吧。畢竟她本來就對自己沒什麼自信，能在這種狀況幫上忙，似乎讓她覺得很充實。

「那個，如果大家願意，不如讓我用魔法解決牠們吧？」

「讓芸芸出手的確可以輕鬆完成工作，但請妳先保留實力吧。講到哥布林，就要提防那個麻煩的傢伙。」

「初學者殺手對吧。我們之前遇到的時候，也是靠和真臨機應變才逃過一劫……」

跟和真交換小隊時，我跟琳恩他們都有碰上初學者殺手。

所謂的初學者殺手，就是會把以嘍囉聞名的哥布林、狗頭人當成誘餌，將來討伐牠們的冒險者當成目標的棘手魔物。

雖然不算贏不了的對手，不過的確是強敵。

「我知道了，我會盡量少用魔法，警戒四周！」

以芸芸的實力來說，應該可以輕鬆打倒初學者殺手。光是有她當作保險，就足以減輕討伐哥布林時的負擔，感覺輕鬆不少。

「哎呀，閒聊就到此為止吧。我們已經很接近巢穴了。」

我用手勢指示隊員們趴下，獨自一人打頭陣。

並躲在高大樹木的遮蔽處探出頭，偷偷觀察目的地。

「雖然有看到洞穴，但沒有守衛耶。」

前方的山壁上開了個巨大的洞穴，洞口的地面上也滿是腳印。

這裡絕對是哥布林的據點。但即使集中精神，也只聽得見草木被風吹過的搖曳聲。

是因為有一定程度的哥布林被討伐，讓剩下的目標有所警戒而逃跑了嗎？

我轉頭向夥伴們示意，讓她們在原地待命後，就往洞穴前方移動。

偷偷觀察裡面的狀況後，我發現裡面比想像中還要寬廣，也能看到用乾燥過的草木鋪成的床鋪。

不過裡面沒有任何哥布林，完全是個空窩。

「喂～～裡面什麼都沒有，妳們可以出來了。」

叫了夥伴們過來後，我們就開始調查洞穴的內部及周邊，雖然有找到居住過的痕跡，但完全沒有看到哥布林的蹤影。

「洞穴裡面留有不少東西，而且還弄得亂糟糟，牠們應該是慌慌張張地從這裡逃走的吧？琳恩，妳認為呢？」

「也是，我覺得就像你說的吧。就算只是要轉移基地，沒道理不帶著食物一起離開。」

我們望著洞穴內部不解地歪著頭。

我能理解由於夥伴沒有回來而感到可疑的這點，但這個情況比較像是突然遭遇危機而緊急逃離。

「是遇到了其他的冒險者嗎？」

「村民說他們只有僱用我們喔。」

「達、達、達、達、達斯德先縮。」

蘿莉夢魔一邊連續拍打我的背部，一邊用奇怪的稱呼叫著我。

「我的名字可沒那麼奇怪，而且現在正在討論很重要的事，妳先等一下。」

「達、達、達斯特先生——！」

這次輪到芸芸用力拍打我的背。

竟然連芸芸都做出這種事，妳的等級頗高，所以力氣相當大耶。

「所、以、說，在叫別人的名字時不要開玩笑啊，而且我都說正在討論重要的事了！」

我難得認真地想仔細調查，為什麼每個人都要來妨礙我啊？

就連琳恩也傻眼了……不知為何，她全身僵硬地看著後方。

當我這麼想著就跟著轉過頭去時，發現有張深綠色的巨大臉孔，正從樹木間看著這裡。

整齊排列的銳利牙齒，以及從頭頂延伸出去的兩根角。

全貌為巨大蜥蜴的存在，拔山倒樹地現出了身影。

那正是在這個世界遠近馳名，也最令人恐懼的魔物——龍。

「龍……是龍龍龍！為什麼會出現在這裡！」

琳恩已經吃驚到把龍喊成什麼不明生物了。

三人全都臉色發青，只能站在原地不停顫抖，沒有人舉起武器。

從身體大小以及鱗片的顏色來看，這隻龍相當高齡。

「哦，這頭龍發育得很好呢。」

「為什麼你還能這麼冷靜啊！那可是龍耶，是最強的魔物耶！」

琳恩抓住我的胸口用力搖晃著。

其他兩人則是怕到根本沒空理會。

「沒辦法了，妳們快逃吧。我當誘餌殿後，妳們先走，千萬不要回頭喔。先看著牠退後拉開距離，然後一口氣衝出去……懂了嗎？」

我走到三人前方，向下揮動空著的手作為信號。

哥布林集團正是碰上了龍，才會捨棄這個洞穴吧。或許這個洞穴原本就是龍的巢穴。

「你為什麼莫名冷靜啊？現在可不是耍帥的時候喔！你也要一起逃啊！難到你又想被從頭吞掉了嗎！」

琳恩擔心地痛罵我一頓。

「就是說啊！達斯特先生才該後退。就、就由我這個紅魔族首屈一指的魔法師，在、在這裡打倒龍，取得『屠龍者』的稱號來、來向惠惠炫耀吧！」

芸芸，那不是像剛出生的小鹿般腿軟到站不穩的人該說的話喔。

「達斯特先生也快點逃吧！你要是死在這裡我會很困擾！這樣我要找誰來指導我演技？而且你還沒把欠款還我耶！」

蘿莉夢魔在接受我的指導後，最近指名她的客人有逐漸增加，所以她似乎是有真的在為我擔心。

「啊，你欠我的錢也還沒還！」

「之前吃飯時也是我先代墊的耶！」

三個人全都拉著我的衣服，要我一起逃走。

這些人平常明明總是在抱怨，到了情況危急時還真是溫柔呢。

……錢的事情我就當沒聽到吧。

「別擔心，我不會死。我算是頗了解龍的事情，如果只有我一個人還能處理。真要講起來，妳們覺得我是那種會為了夥伴挺身戰鬥的人嗎？當然是有脫身的方法——」

正當我試著找理由讓夥伴們先逃走時，琳恩輕輕用拳頭敲了手掌點點頭。

「這麼說也是，大家快逃吧！」

「啊，好。達斯特先生才不會有這種了不起的想法吧，絕對是在思考卑鄙的手段，打算做出不想讓我們看到的骯髒事。還是說巴尼爾先生其實就躲在附近呢？」

「我也這麼覺得！」

竟然立刻就接受了……好歹也擔心我一下吧？

這時候明明就該由我接著說出帥氣的台詞，讓她們對我改觀才對啊。

「夠了！拜託妳們，快點逃走吧！」

在我發出怒吼後，三人就點點頭轉身飛奔而去。

「我相信你喔！」

說這話的人是琳恩吧。光這一句話就點燃我的幹勁了呢。

我沒有舉起劍，就直接朝向盯著我們互動的龍走去。

牠警戒地呼出鼻息，並張大嘴巴進行威嚇。

然而，牠的瞳孔大小卻沒有變化，也看不出攻擊性。

「好啦，雖然我已經辭職了，不過面對龍的話……」

我就這樣毫無防備地朝著龍靠過去。

9

處理好龍的事情後，我動身去追那三人，沒想到跟她們之間的距離比我想像中還近。

這些傢伙是因為擔心我，所以沒有逃得很遠嗎？

「不過真的沒關係嗎？我真的不覺得達斯特先生可以一個人對付龍耶。我看我還是要去助陣才對！上級魔法肯定能對龍起作用！」

「不需要這麼做，達斯特一定會沒事。雖然他的生活方式敷衍、隨便又以騙人為樂，平常就滿肚子壞水，不過偶爾也是有著讓人難以捉摸的時候。」

「難以捉摸嗎？我覺得只是色心深不見底吧。」

現在的氣氛讓我很難現身啊。

看來我先躲在樹蔭後面觀察一下狀況吧。

「嗯，關於這點我也同意。但我剛才想講的不是這個，該怎麼說呢……偶爾就是會有一種奇怪的感覺，雖然我沒辦法好好表達，不過有時會瞬間覺得達斯特看起來很正直……我覺得大概是自己看走眼了啦。」

「是這樣嗎？我對達斯特先生的印象就只有跟同伴一起搭訕女生、喝醉酒，以及跟人起衝突而已。」

「我也差不多是這樣。他在店裡時也總是色瞇瞇地盯著同事的屁股看。不過……達斯特先生說不定真的有不為人知的一面，只有跟他長時間相處過的琳恩小姐才會明白吧。」

「那只是孽緣啦。而且這也不是我願意的啊。」

三個人相視後露出苦笑。

喂，話都給妳們講就好了！

儘管受到這種指謫，即使我對不少地方都心裡有數，也絕對不會反省！

「妳們就不能再稍微擔心一下我嗎？」

「「「啊！」」」

我才剛現身，一同轉頭望向我的三人一瞬間露出快哭出來的樣子，接著就面露安心。

「你比我想的還要更快回來呢。那隻龍怎麼樣了？」

「已經不用擔心那隻龍了。牠似乎才剛在別的地方跟魔物或是冒險者起了衝突，我幫牠拔出刺在腳上的劍之後，牠就給我這個。」

我邊說就把那隻龍送給我的，裝滿貴重金屬和金錢的袋子遞了出去。

龍有收集發光物品的習性，所以討伐龍時有機會得到財寶，甚至有團體會為了財寶及名聲專門挑戰龍。

雖然知道的人不多，但智商較高的龍其實很親近人，我也才能跟龍進行簡單的溝通。

「咦？你會跟龍交涉喔！我是聽說過有些龍非常聰明……原來那是真的啊。畢竟鄰國有能操縱龍來戰鬥的龍騎士，所以也不是完全不可能呢。」

「我也知道龍騎士的事情喔！之前有聽依麗絲說過。有位下級貴族的青年，創下最年少成為龍騎士這個稀有職業的殊榮！聽說他還是王國第一的長槍手，人長得帥又很誠實，完全就是騎士的榜樣！」

芸芸雙眼發光，呼吸急促地如此表示。

那未免加入太多妄想了吧，芸芸。

「龍騎士啊。還是王國第一的長槍手啊。」

琳恩意有所指地看著我說道。

「人長得帥又很誠實啊，跟我很像呢！」

「「一點都不像。」」

芸芸和蘿莉夢魔異口同聲表示。

琳恩依然瞇著眼睛盯著我看，接著低聲說了句「不可能吧」，聳了聳肩重重嘆了口氣。

「算了，比起那種事，袋子裡裝了很多東西喔。根本賺翻了！」

有了這一大筆錢，補充完在多頭水蛇戰中被溶解的衣服和道具後也還有剩吧。

「什麼嘛～～原來是遇到溫馴的龍啊。明明是能成為屠龍者的好機會，真希望能看到惠惠悔恨的表情的說。」

芸芸真的是不管什麼事情都會扯到惠惠呢。除了對抗意識很強，這也代表她們的感情很好吧。

「大家都沒事真是太好了，這麼一來，委託也完成了呢。」

透過這次的事件，蘿莉夢魔似乎多少產生了些自信。感覺她的態度變得比來冒險前更加落落大方了。

這次的工作真的變得相當費事，雖然那隻龍會暫時在那個洞穴養傷，不過等痊癒後牠就會離開，應該沒什麼問題。

畢竟那頭龍很聰明，不會刻意做出與人類為敵的行為。

「那我們回去吧。以第一次合作的團隊來說，我們表現得還不錯吧。」

「是啊，感覺比平常還要順利呢。」

我跟琳恩相視並露出了一抹壞笑，就轉頭望向另外兩個人。

「這麼一來，惠惠再也沒辦法擺出高人一等的態度了！我也可以跟別人組隊冒險嘛！」

「原來冒險是這種感覺啊，真是學到一課了。我要活用這次的經驗，來強化夢境內容的現實感以及情色度，總有一天要成為第一紅牌……」

這兩個傢伙完全沒在聽人說話耶。

她們全都進入自己的世界，自顧自地說個不停。

算了，就隨便她們吧。

「這跟我想像的完全不同呢。」

和真也總是被三個女人圍繞。我目前雖然處在相同的狀態下，卻不覺得有爽到哪裡去。

有些事情真的要實際體驗過才能理解。

「我的摯友實在很了不起耶。」

被三個女人包圍還真不輕鬆啊。

親身經歷後，我才第一次理解和真的辛勞。

就用今天的收入，難得請他喝個酒吧……也順便找奇斯跟泰勒一起來，畢竟我也很在意他們的身體狀況。

第三章 到溫泉鄉觀光去

1

「達斯特，有空嗎？」

正當我跟平常一樣在路上散步，順便找找哪裡有賺錢方法或好女人時，背後傳來一道聲音喊了我的名字。

我轉身看去，只見站在那裡的是——

「什麼嘛，原來是和真。怎麼了？」

瘦弱的身軀和不起眼的長相。

明明無論怎麼看都是個弱小的男人，然而要說他是這座城市最活躍的冒險者也不為過。

此外，他也是我的摯友。

「你現在很忙嗎？」

「沒有啊，很閒。自從被多頭水蛇吞下去，被你家的宴會祭司復活後，我身體的狀況一直不太好，想說就休養一段時間。」

「這麼說來有這回事呢。在那之後都過了好幾個月，你的身體還是不舒服喔？那這樣正好，我剛剛在商店街抽獎時抽到了阿爾坎雷堤亞的住宿券，而且還包含交通費，你要嗎？」

「真的假的！當然要啊！阿爾坎雷堤亞就是那個以度假勝地聞名的水與溫泉之都吧？給我給我！」

「喔、喔喔。看你反應這麼大，反而讓我很有罪惡感……」

「怎麼了？該不會有什麼陰謀吧？」

和真臉上露出了苦笑。

反正一定是旅館有幽靈出沒，才會特別便宜之類的情況吧。畢竟是那個小氣的雜貨店大叔所屬的商店街嘛。

「與其說是陰謀，又或是旅館有問題，不如說整座城市都很那個吧。但我想達斯特搞不好跟那座城市的氣氛很合拍喔。」

「那就沒差了吧。不過你真的要送我嗎？事到如今就算你反悔我也不會還你喔。」

「啊，嗯。我們之前去過一次了，完全不想再去第二次。」

「畢竟觀光區都是去一次就夠了嘛。」

「也是啦……嗯。」

和真移開視線嘆了口氣。

我先前就聽說過他跟那群破天荒的夥伴一起去過的事情。而且除了平常那三名女隊員，巴尼爾老大上班的那間魔道具店美女老闆似乎也有一起去。

跟那群人一起去溫泉旅行根本不可能平安無事。雖然我有逼問過和真，但他擺出一副了無生趣的表情表示「不要讓我回想起來……」所以就沒有再問下去了。

一般來說那應該是令人羨慕的旅程，但是從他那副模樣來看，別說平安無事了，他似乎過得很慘。

算了，畢竟是那群問題兒童，也不意外就是了。

能夠面不改色號稱自己是女神，腦袋有問題的大祭司。

一心只想著要來一發爆裂魔法，腦袋有問題的大法師。

攻擊完全無法命中，唯一的賣點是身體耐力的被虐狂，腦袋有問題的十字騎士。

「……真是辛苦你了。」

「你能理解我的感受嗎！」

我溫柔地把手放到和真的肩膀上後，他眼眶泛淚地朝我逼近。

他果然在那座城市遇上了相當慘烈的狀況，才會不想再去吧。

「商店街那邊似乎也有多的住宿券，總共八張，你想要就統統拿去吧。」

「喔，真是不好意思，那我就不客氣收下了。」

可以找八個人去啊。首先可以確定是我和小隊的琳恩、奇斯、泰勒，那剩下四個人要找誰好呢？

是有想到幾個人選啦，之後再去問問吧。

等我邀請完夥伴之後再說……反正人一定會在那間魔道具店吧。

2

「各位，雖然很突然，但我們後天去旅行吧。」

我坐在公會平常的座位跟夥伴一起吃飯時說了這番話，所有人全都瞇起眼睛看著我。

原本以為他們的反應會更加驚訝，但眾人卻不發一語地默默繼續吃飯。

「喂喂，你們應該要有更大的反應吧！這可是兼作奇斯跟泰勒的休養旅行喔，你們就不能高興一點嗎？」

「達斯特，在談旅行之前你有想過旅費該怎麼辦嗎？現在雖然沒有接下委託，所以沒有任何預定的行程，但你根本沒有旅費吧。因為就只有你沒拿到多頭水蛇戰的報酬。」

「販賣龍給的寶物所得到的錢，也由我自作主張拿去還債了。」

「喔，真是謝謝妳擅自幫我還債啊！」

「不用客氣。」

面對我的嘲諷，琳恩平靜地用笑容回應。

因為那傢伙說要拿去變現，我才安心交給她負責，沒想到在我不知情的時候被拿去結清欠款了。

不過我先前想說有那筆錢能入帳，就又去借了一筆錢，所以實際上債務並沒有還清。

這群完全不相信我會邀請他們去旅行的夥伴們，全都停下吃飯的動作，用狐疑的眼神看著我。

「關於這點還請大家放心，完全不需要擔心錢的事情，這次全部由我請客。」

我挺起胸膛，堂堂正正地如此宣言。

泰勒露出冷笑哼了一聲，就重新開始吃起飯。

「我說啊，如果你在賭博時賺了一筆，就拿去還吧。那應該不是靠犯罪得來的錢吧？」

「達斯特其實很不會賭博。那應該是靠不法勾當得來的錢喔。」

「你們為什麼要以我跑去賭博或犯罪為前提啊！我手邊還有賣掉幾本色情書刊換來的錢，而且是我從和真那邊拿到了內含旅費的住宿券啦！」

當我說完這句話後，原本沒什麼反應的夥伴們立刻探出身子。

「什麼嘛，那你早說啊。地點是哪裡？」

「不愧是和真大人，我們要去幾天？」

「偶爾也該好好放鬆一下呢。」

「你們的態度真的是一百八十度大轉變耶……」

這群人完全無視我的抱怨，自顧自地討論起來。

看來所有人都會參加，這樣包含我在內就確定有四個人了。

接下來就去邀請平時對我照顧有加的那個人吧。

3

「呼哈哈哈哈哈，汝還真是有心啊，欠債冒險者。」

來到在某種意義上於阿克塞爾非常有名的魔道具店，我一將住宿券遞給巴尼爾老大，他就如此回答我。

我原本也想邀請美女老闆，不過她似乎出門去採買道具了。而且也聽說她之前跟和真他們一起去過，這次就不邀請她了。

「畢竟我受到老大諸多照顧啊，這可是不用耗費成本就能奉承老大的好機會。」

「像汝這樣毫不掩飾真心話的態度，正是賺取惡魔好感度的重點呢。好吧，吾就收下汝的貢品。水與溫泉之都阿爾坎雷提亞啊，吾也想親眼看一看跟那個怠惰女神有關的愚蠢都市呢。」

「怠惰女神是指誰啊！」

從旁插話的正是擅自玩弄魔道具店內商品，隸屬和真小隊的大祭司阿克婭。

這傢伙明明跟老大處不來，卻很常來光顧這間店。

「當然是指跑來魔道具店卻不買商品，只顧著喝茶要廢物老闆陪妳，腦袋有病還自稱女神四處詐騙，有著一頭水藍色頭髮的女人吧？」

「咦～～原來這裡是店面啊。我從來沒有看過客人上門，還以為是讓人休息的地方～～真是抱歉啊～～」

看到阿克婭雙手合十，俏皮地歪著頭的模樣，讓巴尼爾老大相當不悅。

「這裡確實沒有客人，全都是垃圾跟害蟲呢。」

「老大，這不就表示我也是……」

「請問，我也包含在內嗎……」

在我吐嘈的同時似乎有聽到其他人的聲音，應該是我的錯覺吧。

「啥？你說誰是害蟲啊！明明惡魔才是比害蟲還不如的存在呢！」

「跟汝這種米蟲不同，吾有幫忙清掃垃圾及驅趕烏鴉，左鄰右舍對吾的評價很好，相當受歡迎。請不要把吾跟只會在公會喝酒的汝相提並論。」

「咕吱吱吱！既然你是惡魔，就去給別人添麻煩，然後讓我淨化掉啊！」

「所謂『添麻煩』是指某個會用近似詐欺的強硬手段傳教，非常麻煩的宗教團體嗎？」

「雖然說我壞話同樣不能原諒，但是不准毀謗我家的孩子！我已經生氣了！現在就讓你落入地獄！」

「不用付交通費就願意送吾回故鄉嗎？這還是汝第一次做出這麼貼心的事情呢，萬惡的根源！」

雙方不但怒氣一發不可收拾，而且還逐漸拉近距離。

這根本是一觸即發的狀態吧。雖然這兩個人都有點怪，但也確實都有著一等一的實力。

要是讓他們在這裡起衝突，我肯定無法平安脫身！

「這麼說來！和真好像正在找妳喔。他好像說妳瞞著他的那個怎樣之類。」

「那個是哪個啊？難道是我拿和真的運動服當抹布，用完後洗過放回去的事情曝光了？哼，你撿回一條命了呢。我這次就先放過你吧！」

撂下怎麼聽都不像祭司會說的狠話後，阿克婭就奪門而出。

「不准再來了！該死的瘟神。可惡，鹽巴放到哪裡去了！」

老大用力關上敞開的店門，並對著阿克婭逐漸遠去的背影大聲吼道。

被惡魔當成麻煩人物的祭司……她到底是怎樣啊？

「話說回來，老大剛剛講的怠惰女神，該不會是指阿克婭女神吧？」

「原來汝還不知道啊。別在意，那只是小事。比起這個，重點是溫泉旅行，吾已經看到很有趣的未來了，敬請期待。」

「老大，這樣只會讓我很不安耶。」

老大是能夠看穿一切的大惡魔，我沒辦法忽視他的發言。

記得他以前也說過類似的話，我當時的下場有夠悲慘。

「旅行可不是只會發生壞事喔。講到溫泉就要提到混浴，汝似乎也有所期待呢，該願望將會實現。」

「老大，你是說真的嗎！」

「腦中裝滿見不得人妄想的小混混啊，如果在這裡繼續講下去，災難可能會降臨在汝身上喔。」

由於老大看著我後面一邊如此表示，於是我也轉過頭去，接著就看到芸芸站在魔道具店窗邊，正瞇起眼睛瞪著這裡。

直到目前為止，我都沒有注意到她的存在。

「妳為什麼會在這裡？是將落單能力磨練到足以抹滅存在感了嗎？也太厲害了吧。」

「你這不是在誇我吧！……算了，比起那種事，剛剛你們是在講什麼？你似乎很期待，但會去混浴池的大多是上了年紀的女性喔。幾乎不會有年輕女生跑去混浴池泡澡。」

這傢伙正在用瞧不起人的表情看著我。

雖然芸芸可能言之有理，但我無法接受被不諳世事的她看扁。

「喂喂，妳在來阿克塞爾之前，可是躲在紅魔族之里寸步不出的人耶。這樣的妳跟我談什麼一般人的常識？都不覺得自己的常識其實有錯嗎？」

「你在說什麼啊，一般常識不管放到哪裡都是一般常識！我至少比惠惠好多了！」

「妳可以斷言紅魔族的思考模式跟一般人一樣嗎？」

「唔，這個嘛……」

芸芸在紅魔族當中似乎被當成怪胎。

光看爆裂女孩就能理解，紅魔族基本上在品味及思考方式來說，都跟一般人有所差異。

不但個性好戰，還無比重視醒目的行為舉止。在打招呼時做出那種丟臉的自我介紹，對紅魔族來講是理所當然的事。

明明在那種環境中成長，卻有著一般常識的芸芸，在面對這種指謫時總是無法回嘴。

「我非常擔心妳這位朋友喔。畢竟要是缺乏常識，一旦出事就會非常丟臉。妳原本就不擅長與人相處，根本沒辦法去詢問別人吧？所以我才會這麼誠懇地想指導妳。」

「我們只是認識，還不算是朋友，但非常謝謝你這麼顧慮我。」

這傢伙總是立刻就相信別人，實在讓我很擔心。

……不過這次情況不一樣，就讓我好好利用一下吧。

「最近非常流行混浴，而且相當推薦年輕女性去泡。正因為年輕，才更該在肌膚最漂亮的時候讓別人欣賞。在讓男人觀賞時，體內會噴出某種東西，會讓女性看起來更加豔麗喔。」

「這說明不但隨便也毫無說服力，只會讓人覺得你完全是以情色為目的才會這麼說。雖然無論如何都跟我無關。」

「也不是完全無關，因為我送給老大的住宿券還有剩，妳要拿一張嗎？」

「咦？你要給我嗎？」

看來我的舉動完全出乎芸芸的意料，讓她打從心底吃了一驚。

我一把住宿券遞過去——

「天啊。雖然從達斯特先生手中拿到住宿券有點那個，不過這是我第一次被人邀請參加團體旅行耶。晚一點要把這件事寫進日記裡！」

芸芸高興到雙眼發亮。

之前邀請芸芸一起去冒險時，她也是非常興奮，所以我多少有預料到會是如此，沒想到她居然開心到這個地步。

……高興成這樣，反而讓人有點退避三舍。

芸芸原本還盯著住宿券笑得合不攏嘴，卻突然抬起頭用手摀住嘴巴面露懼色。

「啊，難道你的目標是我的裸體！我可沒有那麼容易上當喔！」

「我對妳這個小鬼頭的身體沒有興趣。如果妳主動說要去泡混浴池，那麼其他女人或許也會一時大意跟著去泡吧。我是在賭那個可能性！」

雖然芸芸的身材還不差，但是她年紀太小，我根本沒興趣對她出手。

如果她能再早個兩年出生，或許會是個不錯的目標。

「雖然沒被當成目標的確讓我感到安心，但被你這樣講總覺得也滿惱火的！」

「妳到底要怎樣嘛。所以我才覺得女人麻煩！」

我從以前就不擅長應付女人。

「我很高興你邀請我一起去旅行。但你就算想騙我也沒用，無論你說什麼，我都不會去泡混浴池。」

「隨妳高興。」

芸芸嘴上不斷抱怨，嘴角卻微微上揚。

告知她出發的日期後，她就說「得做好去旅行的準備」，邊踩著小跳步離開魔道具店。

「窮極孤獨的女孩似乎心情不錯呢，吾得代替朋友向汝道謝才行。同時兼作阻止宴會女神在店內大鬧的謝禮，汝就把這個拿去吧。」

老大翻找了一下貨架，並取出一顆小圓珠放到桌上。

我拿在手上還能感覺到一股彈力。

「哎呀，汝最好多加小心。那顆珠子一旦掉到地上或任何原因導致破裂，保存在內部的煙霧就會外洩，吸到那個煙霧的人將會迷上使用者。這可是盈滿了男人願望的道具呢。」

「啊？竟然有這種夢幻道具……騙人的吧？老大，這個真的可以給我嗎！就算你想要收回去，我也不會還喔！」

「惡魔說話算話，汝就好好運用吧。不過，那個道具對陌生人毫無意義，只會在使用者認識的人身上起作用。汝要記好這點……」

老大似乎還說了什麼，然而現在不是管這個的時候。

我速速結束對話，衝出了魔道具店。

「好了，接下來……喔，怎麼？」

我走在大街上時，肩膀突然受到一股撞擊。

大概是我邊走邊思考的關係，於是不小心撞上人了。

「你是怎樣。如果是被小女孩撞上我還會溫柔地接住她……唔，你是那時候的……」

當我因為聽見熟悉的聲音而回頭，三名男子就一同轉過身去。

雖然只有一瞬間看到對方的臉，但我似乎跟他們有過一面之緣。

「吶，我們以前是不是有在哪裡見過面？」

「那應該是你的錯覺喔，對吧頭目？」

「笨蛋！這時候不要叫我頭目！」

他們似乎壓低聲量起了爭執。但我對臭男人之間的對話沒有興趣「是喔？那真是抱歉了。」於是這麼道了歉後就轉身離開了。

要是平常，我就會找理由賺點零用錢，不過我現在光是思考要在哪裡使用這個魔法珠子就費盡心力，完全不想浪費時間。

「吸了這個裡面的煙霧就會迷上使用者啊，這表示必須挑選最能發揮效果的場面使用。雖然用在女澡堂或是酒吧應該會很有趣，但只會對認識的人起作用……」

這麼一來，最有效率的方式，就是在認識的女人全部集合在一起的時候使用。

為了製造出這個場面，我必須活用剩下的兩張住宿券！

「只能這麼做了。」

邀請認識的女性一同去旅行，趁她們集合在一起時，使用這個魔道具讓大家迷上我……我自己都覺得這個作戰計畫真是太完美了。

那麼問題就在於剩下的兩名人選。

講到認識的女人，浮現在我腦中的是其他冒險者，不過跟她們並不算熟。

意外沒什麼與其他冒險者接觸的機會呢。尤其是女性冒險者不知為何幾乎不會靠近我，所以跟她們頂多只有碰到面打聲招呼的交情。

這時腦中閃過某三位女性冒險者，不過這個念頭立刻被我排除在外。

那幾個就交給和真吧。

「必須要慎選剩下的兩人才行。」

「那個，達斯特先生，可以請你不要在我們店門口碎碎唸嗎？」

一道熟悉的聲音讓我抬起頭，接著就跟拿著掃把在店門口打掃的蘿莉夢魔四目相接。

看來我下意識走到夢魔店的門口了。

「原來是妳啊。嗯——即使讓平板無奇的妳迷上我，也沒什麼意思呢。」

「一開口就講了十分失禮的事情耶。再怎麼說我也不可能迷上達斯特先生，請放心吧，因為我崇拜的是巴尼爾大人！」

這麼說來，夢魔她們大多都是老大的粉絲。

老大對夢魔們來說是相當高階的存在，所以她們好像都很崇拜他。

如果跟這傢伙說老大會去，她肯定會想也不想就跟來吧。要邀請她是很簡單，但是帶她去有什麼好處嗎？

「妳跟其他夢魔的感情好嗎？」

「為什麼突然這麼問啊？但算是還可以吧，而且我最近的淫夢也得到了很高的評價。」

「雖然妳挺起不存在的胸部如此宣稱，但那都是我的功勞吧？」

我承認這傢伙最近製造的夢境，在煽情程度上一次比一次進步。

但那終究只是她實行了我至今為止所給的建議罷了。

「唔，這麼說也是沒錯。不過我跟達斯特先生不一樣，朋友算是很多喔，嗯。」

「我的朋友也很多啊。首先是泰勒、奇斯、琳恩以及和真跟芸芸，然後……還有……」

「還有別人嗎？」

「等、等等，妳等我一下！還有喔！我有很多會幫忙我做些小型詐欺的夥伴。」

「那不能算是朋友吧。我有超多朋友喔～～不僅跟夢魔們都處得很好，在街上遇到看過我的夢境的冒險者們時，他們也會親切地來打招呼。」

她跟芸芸完全相反呢。

仔細想想，比起芸芸，期待這傢伙的交友關係肯定能得到更好的成果吧。

除了蘿莉夢魔以外的夢魔，全都有讓人想一親芳澤的性感身材。先讓這傢伙迷上我，再叫她介紹朋友給我認識也不錯！

「很好，這個給妳。」

「這是什麼？阿爾坎雷堤亞的住宿券啊。呃，我最近沒什麼錢，所以不會買喔。」

「就說了要給妳啊。之前多虧有妳幫忙，晚上也受妳諸多照顧，至少讓我用這個表達一下謝意吧。」

「總覺得非常可疑耶，而且阿爾坎雷堤亞是那座城市吧？」

不要像是拿著髒東西一樣只用兩隻手指夾著啊。

為什麼這些人就是不肯坦率接受別人的好意呢？

「妳不要就算了，不過巴尼爾老大也會去喔。」

「我要去！什麼時候出發？現在嗎？還是明天？」

「冷、冷靜！拜託妳冷靜一點！」

想辦法安撫了激動的蘿莉夢魔並告知出發日程後，她就立刻衝進店裡。

「得去買巴尼爾大人會喜歡的衣服才行！」

隔著門都能聽見她興奮的聲音。

我幾乎都要嫉妒起老大的人氣了，不過還是用「那傢伙應該會因此好好感謝我」這個理由說服了自己。

住宿券還剩一張。

認識的女性，而且交情好到可以邀請對方去旅行。

這時，我想到了一個人選。

目前邀請的旅伴名單中，性感的女性寥寥可數。如果能想辦法邀請到那位，混浴時的樂趣也會倍增吧。

成功機率應該很低，但我就去賭賭看可能性好了。

4

「惠惠，妳聽我說妳聽我說，有人邀請我一起去旅行喔。」

「妳該不會接受了奇怪的勸誘吧？還是被迫推銷了住宿券？我會陪妳的，一起去把錢拿回來吧。」

在冒險者公會附近的馬路邊，有兩個紅魔族正在對話。

總覺得向她們搭話之後肯定會很麻煩，所以我還是降低存在感悄悄移動避免被發現。

「我並沒有遇上可疑的推銷員！真的有男生把住宿券當禮物送給我！」

「對方到底是誰？反正他一定是對妳說『我會當妳的朋友，所以跟我去一下旅館』對吧。妳最好別再做出只要對方的態度溫柔一點，就傻傻地跟上去這種事了。」

「惠惠到底把我當成什麼了！」

「好騙的女人。」

「那明明就是惠惠！約我的人是……正經的……」

「請妳看著我的眼睛說啊！聽說妳最近跟金髮小混混走得很近，那應該只是傳聞吧？」

兩人因為無聊的事情起了爭執。

爆裂女孩抓著不願跟她四目相接的芸芸猛搖，芸芸則是流著冷汗試圖解釋。

直接講是我送給她的不就得了。

「反正被邀請什麼的也是謊言吧，妳肯定是聽了我跟和真一起洗過澡就感到焦慮，所以才開始說出根本不存在的妄想吧。不用那麼勉強喔……芸芸想轉大人還太早了。」

「才、才不是呢！我是真的被邀請了！不要露出溫柔的表情對我說那些話！」

我無視那兩個人踏進冒險者公會後，毫不遲疑地朝櫃檯走去。

站到負責接待的露娜面前，我從上往下緊盯著她。

能清楚看見乳溝的這個角度真是太讚了。

「達斯特先生，請問你有什麼事嗎？」

露娜明明堆滿笑容，卻莫名很有魄力。

她迅速遮起胸部，我只好放棄觀賞並開口說道：

「平時總是辛苦妳了。妳每天都要處理麻煩事，肯定相當疲倦吧？我想那對很有分量的胸部應該也讓妳肩膀痠痛吧。」

「請不要若無其事地說出性騷擾發言。但的確是很累呢，如果某人沒有毆打警察、當色狼被逮捕，或是因為詐欺未遂引發問題，我應該會輕鬆不少。」

「竟然有這種人，下次幫妳好好教訓他。」

我擺出帥氣的姿勢講完這番話後，露娜大大嘆了口氣。

看樣子她是真的非常疲倦呢。

「怎樣都好啦。話說你今天是有什麼事？要找委託嗎？」

「沒，不是這樣。我今天是有事來找妳……露娜。要不要跟我一起去溫泉旅行啊？」

「咦？沒頭沒尾的你在說什麼啊？想搭訕的話請去別的地方，我現在很忙。即使你不是開玩笑，我也沒辦法請長假喔。旅行是什麼東西？你這是在挖苦我嗎？還是想惹我生氣？你是在跟我開玩笑嗎？」

露娜臉上的笑容瞬間消失得無影無蹤，只見她眼眶泛淚地從櫃檯探出身子。

「我當然也想去旅行啊！但我每天都在處理冒險者提出的不合理要求跟衝突，導致自己寶貴的時間就這樣消失了！明明同事們都結婚離職了，就只有我被留下來……」

她似乎累積了相當大的壓力，一抱怨就停不下來。

面對這種情況時完全不需要闡述己見，只要當個傾聽者就行了。我從巴尼爾老大那邊學到這才是最正確的對應方法。然後——

從露娜那裡離開時，我已經累到不行，也完全沒有興趣邀請她了。

我無力地坐倒在窗邊的座位，整個人趴在桌子上。

「累死了，剩下的那一張就算了……」

反正也不是一定要把住宿券全都用完，剩一張也無所謂。

「我說啊，如果住宿券還有剩，就給我一張吧。」

對這個聲音有印象的我才剛抬起頭，就看到臉頰上有刀傷的銀髮女盜賊。

「妳是那個跟被虐狂女騎士感情很好，還被和真偷走內褲的盜賊嘛。」

「請不要用那種會讓人誤會的方式說明啊！我是克莉絲！」

「的確是叫這個名字呢。妳是從哪裡聽說住宿券的事啊？」

話。

「你跟露娜小姐都聊成那樣了，想不聽到也很難吧？」

這麼說也是。畢竟她哭喪著臉大喊她也想去溫泉，好想悠哉地泡澡治癒身體跟心靈之類的

「妳想要住宿券？那就給妳吧，要怎麼處理隨妳高興。」

「咦？你不問我理由嗎？我正好要去阿爾坎雷堤亞處理事情，但這真的可以給我嗎？」

「我已經懶得思考了。要賣掉燒掉還是當衛生紙用都隨妳高興吧。」

「這樣啊，那我就心懷感激地收下了。我還有別的事情要處理，應該會比較晚到，你們就別管我，直接出發吧。」

我已經連回答都嫌麻煩，所以維持額頭靠在桌上的姿勢向她揮了揮手。

總之把住宿券全都送出去了，剩下的就只有等待出發的那天到來。

回想起同行的幾位女性，並發現她們的某個共通點後……我陷入了絕望。

「幾乎全是平胸啊。唯一可以看的竟然只有芸芸。」

泡溫泉時的樂趣就這麼少了一樣。

5

在共乘馬車的乘車處，我跟夥伴們一起等著其他旅伴來會合。

「這、這次非常感謝各位邀請我！一、一點小東西不成敬意！」

芸芸揹著足以裝進一個人的巨大包包來會合，而且還發伴手禮給大家。

這到底該說是很有禮貌，還是不知道怎麼跟他人相處啊。

「其實可以不用那麼客氣啦。」

「嗯，就是說啊。之前好像都沒什麼機會認識妳呢，我是奇斯。」

「那我也來自我介紹一下，我是十字騎士泰勒。」

「謝謝大家這麼親切地跟我打招呼！那個，我是……」

看來夥伴們跟芸芸處得很好呢，希望這樣能多少改善她的孤僻特性。

這麼說來，奇斯及泰勒自從身體出狀況後已經過了一個星期。雖然我去問過究竟出了什麼事，不過兩個人都只是覺得身體很疲倦，怎麼樣都無法提起勁的樣子。

目前他們的身體狀況都已經恢復，而且似乎非常期待這次的溫泉旅行。

「吾有些遲到呢，看來在處罰廢物老闆時花費太多時間了。」

「讓他們等巴尼爾大人也是應該的！」

喔喔，老大和蘿莉夢魔也來了。

身穿燕尾服，臉上戴著面具的男性，以及比平常更努力打扮的少女。

站在客觀的角度看這兩個人，甚至會讓人誤以為是父女。

「昨天幾乎沒睡，只顧著思考如何使用那個東西的男人啊，這下應該都到齊了吧？」

「老大，那件事要保密啦！我還有邀請一個人，不過對方說了『之後再跟大家會合，你們先走吧』之類的話，所以我們就出發吧。」

希望這會是一次快樂的旅行。

「好啦，雖然大家都很想快點出發，不過得先分配馬車座位才行。這次分別搭乘兩台四人座的馬車，我、琳恩、芸芸以及蘿莉莎搭一台就行了！」

「完全不行！竟然若無其事地只讓自己被女人包圍！你這傢伙先前也跟這些成員相親相愛地一起去冒險了吧。太狡猾了！為什麼就只有你過這麼爽啊！」

「知、知道了，我知道了，奇斯！不要把眼淚跟鼻涕抹到我身上！」

我將邊哭邊抓住我胸口的奇斯推開。

泰勒不發一語，所以應該沒有覺得不滿吧。

巴尼爾老大看起來因為奇斯散發的負面情感得到滿足。

至於那群女人……

「不然就抽籤或猜拳吧，這樣比較公平。」

「我、我也覺得這樣比較好。」

「好耶，我贊成！抽籤比較好吧？」

抽籤或是猜拳啊。

哼！我早就料到這個狀況了。

「沒辦法，我早知道會變成這樣，所以事先準備了籤。這些棒子分成前端有紅色標記跟沒有任何標記兩種，就用這個分組吧。」

我從袋子中取出事前做好的籤。

總共有七根棒子放在籤筒中，就用這個來決定是誰中獎。

「以你來說準備得真周到呢。」

「那麼女生先抽吧。」

我邊說邊朝琳恩她們遞出籤筒。

看到她們伸出手的瞬間，我在努力控制不讓自己笑出來的同時，也確定自己即將獲勝。

——這些籤全都做了手腳。

棒子前端全都塗了紅色，在讓女生抽完之後，就由我先抽。

之後只要迅速將剩下的籤處理掉湮滅證據，被女人包圍的快樂旅行就完成了，以上就是我的劇本。

「啊，我抽到紅色呢。」

「我也是一樣抽中紅色。希望能跟巴尼爾大人同車，希望能同車，希望能同車。」

「我也是耶！我帶了很多遊戲來，大家一起在車子裡玩吧！」

不知情的三人顯得非常高興。

接下來只要我迅速抽完，再把剩下的籤處理掉就完美了。

「三個女生坐在一起啊，還真是幸運呢。那麼接下來換我……」

這時我為了抽籤而握住棒子的手，被從旁伸來的另一隻手抓住了。

「喂，奇斯，你在幹嘛？把手放開啊。」

「達斯特，你肯定動了什麼手腳吧。接下來輪到我抽。」

可惡，他發現我的計謀了嗎！

畢竟我跟這傢伙常會一起在賭場作弊，他應該是想起那些手段了。

「放、放開我！我什麼都沒做！」

「那就讓我先抽啊！如果沒問題，那誰先誰後根本無所謂吧！」

在和奇斯爭執的途中，那些籤從我手中滑落四散到地上。

掉出籤桶的棒子前端全都塗了紅色。

「你果然有作弊！沒收沒收！」

「達斯特，你這樣不行啦，我們重抽吧。」

「毫無遠見的小混混啊，汝應該有更好的手段吧？」

在我被奇斯架住的時候，泰勒就把籤全數回收了。

可惡，這麼一來我事先準備好的作弊手段就被奪走了……但真是如此嗎？

我悄悄向蘿莉夢魔使了個眼色，她就輕輕點了點頭。

「那就由我用這些籤來讓你們重新抽喔。只留下一根紅色的籤，然後把其他籤的前端切掉。女生這邊維持目前的結果就行了吧。」

蘿莉夢魔用手中的短刀，將四根籤中的三根前端削掉。

這麼一來就沒辦法作弊了……應該所有人都這麼覺得吧——除了我跟蘿莉夢魔以外。

到此為止都在我的預料之中。

事前我就跟蘿莉夢魔交換了密約。

我想在被女人包圍的狀態下旅行，然後發動得到的魔道具變得大受歡迎。

而蘿莉夢魔則會在協助我之後，跟老大分到同一間房間作為事成的報酬。

「那麼，要由誰先抽呢？不然就讓達斯特先生第一個抽吧？反正沒辦法作弊，就快點把這件事解決掉吧。」

任誰都不認為這傢伙會幫我，所以沒人有意見。

很好，完全符合我的計畫！

我們事先就講好會把中獎的籤放在最左邊。

正當我朝著那支籤伸出手時——

「唔嗯，等一下。這時候不該讓給作弊小混混，由吾先抽吧。」

「等等！老大？」

「吾沒什麼特別的意思，就是想抽籤。並不是懷疑汝有作弊，單純只是很想要抽籤罷了。如果真的沒有暗中策劃什麼，那麼根本不需要在意順序吧？」

老大的嘴角在笑。

他看穿我們的計謀了？這麼說來，老大本來就是能預見未來的大惡魔。

我努力對老大比手畫腳，希望他能睜一隻眼閉一隻眼。

「汝為何跳起奇怪的舞蹈了，距離慶典還有一段時間吧？」

可惡，老大最喜歡的就是負面感情了。

像這樣讓我感到焦慮，對他來說就跟送上門的餐點一樣。

看來只能期待蘿莉夢魔可以漂亮地化解這次危機了。

「巴尼爾大人想要抽嗎！請抽，我推薦這支籤喔！」

不要紅著臉把中獎的籤遞出去啊！

妳跟我不是一夥的嗎！

6

「喂，為什麼這車只有髒兮兮的男人啊。都是達斯特多事害的啦！」
「吵死了，要不是因為你妨礙我，我現在應該正在享受被女人包圍的愉悅旅程耶！」
「拜託你們閉嘴，快點放棄那件事安安靜靜地搭車吧。」
我跟奇斯吵起來之後，泰勒就用疲倦的語氣開口制止。
當時的結果就是老大抽中紅籤，將我們三名男人趕上同一台馬車直到現在。
「現在另一車正被女人包圍吧，真令人羨慕……」
「奇斯，別說了。事到如今也沒救了。啊，可惡，只能睡覺了吧。」
即使再怎麼羨慕也沒用，現在只能賭氣睡覺。
雖然途中有遭遇魔物來襲，但是全被芸芸的魔法，或是巴尼爾老大從眼睛射出的神祕光線乾脆地解決掉了。
那兩個人真是強到異於常人呢。這樣雖然落得輕鬆，不過巴尼爾老大似乎也沒有拿出真本事。

……還是不要惹老大生氣好了。

馬車在天黑後停了下來，眾人開始準備露宿。

早上從阿克塞爾出發後，只要在途中露宿一晚，隔天中午時分就能抵達阿爾坎雷堤亞。

馬車圍著營火並排停下，這樣就能用馬車代替防壁，做好魔物來襲時的準備。

吃完晚飯後，我們一群男人因為沒事可做而打算睡覺，不過琳恩她們依然坐在營火前面聊天。

女人真的很喜歡聊天耶。

……等等，既然她們三個都湊在一起了，這應該是個很好的機會吧。

我悄悄取出從老大那邊得來的魔法小珠子，之後只要很自然地靠近她們，把珠子丟過去就好了。

「達斯特，你怎麼啦？不去睡覺嗎？」

「嗯～～我有些事要跟她們說，你別管我了，先去睡吧，泰勒。」

「這樣啊。奇斯已經睡了，你可不要太吵喔……還有，不能做出色狼行為。」

「才不會！」

用眼角餘光確認泰勒躺下來睡覺後，我緩緩地往她們走去。

這麼說來，究竟要用多大的力道才能打破這顆珠子啊？

揉起來感覺相當有彈力，如果沒有很用力應該無法弄破。

我要很自然地向她們搭話，然後在談話途中把珠子用力砸向地面。

……糟透了，這麼一來我完全就是可疑人士。

「你在那邊做什麼？有什麼事嗎？」

回過神來，我已經走到她們三個面前了。

該怎麼做才好呢？總之首先要表現得很自然。

「喔，天氣真好呢。」

「天都已經黑了喔。」

即使抬起頭，也因為一片漆黑而看不出天氣狀況。

這開場相當失敗，不過我還有機會能挽回。

「啊，該怎麼說呢，就是明天的計畫啦。到了阿爾坎雷堤亞後，妳們打算做什麼？」

「當然是去泡溫泉啊。不過我可不會去混浴池。」

聽見琳恩突然講出這件事之後，芸芸連忙撇開視線。

看來她把我對混浴非常執著的事情說出來了。

「哈！我對那種看不出到底有還是沒有的胸部沒興趣，但如果妳無論如何都想讓我看，我也是可以從下往上仔細觀察啦。」

「死也不會給你看。不如說你給我去死，變態。」

「色狼行為是犯罪喔！」

「把那種行為留在夢裡或是妄想中會比較安全喔。」

這樣的挨罵程度也在我的預料範圍內。

不如說根本完全按照劇本演出。接下來我只要自然地在伸懶腰的同時高舉珠子就行。

「喂喂，妳們未免講得太過分了吧！唉～～在睡前先做點伸展吧。一、二，一、二。」

很好，隨著體操的動作舉起手臂，接著用力把珠子砸向地面！

盡全力把珠子朝那群女人的中心點丟過去！

「哇啊，風好大喔！咳咳！」

珠子破掉前正好有一陣強風吹過，所有人都在最剛好的時機閉上了眼睛。

多虧了這個情況，她們完全沒有看到我做了什麼。

很好，非常好！這樣我的後宮就完成了。究竟該讓這群迷上我的傢伙做什麼才好呢？

「喂，妳們幾個。有沒有什麼話要對本大爺達斯特說的啊？」

當我俯視著三人如此說道後……所有人都用鄙視的眼神看著我。

咦？這個反應未免太奇怪了吧？

「你在說什麼啊？該不會是喝醉了吧？不要在女孩子聊天時跑來插花啦。知道了就快滾開吧，去去去！」

「就是說啊。我一直很憧憬在睡前跟女性朋友聊戀愛話題耶。」

「……請回到那邊去啦。」

這跟我聽說的效果不一樣啊！

不是說吸到弄破珠子後放出來的煙霧就會迷上使用者嗎？

確實有出現煙霧啊……難道是剛剛那陣強風把煙霧吹散了？

啊啊，可惡！早知道就不要焦急，等到了室內再使用。

別說喜歡上我，她們似乎真的很生氣，可以看到被營火映照的臉頰全都染上了紅色。

「好啦好啦，看來是我打擾妳們了。哼，我去睡覺總行了吧。」

竟然浪費了千載難逢的好機會。

真要講起來，我根本不知道那個魔道具是不是真的有效，而且有很高的機率是不良品。

「現在也只能這麼想，然後死心了。」

回到泰勒他們睡覺的地方，我躺上只撲了毯子的地面。

我明明現在應該在三個女人的包圍下喝著酒才對啊。

「怎麼，你們好像吵了一陣子耶。」

「該不會是跟她們吵架了？」

泰勒和奇斯似乎都還醒著，只見他們挺起上半身看向我。

從他們那副打從心底感到擔心的表情，就足以傳達是有多麼關心我。

「男人最該擁有的還是男性朋友啊，女人真的不行。」

「是啊，沒錯。女人完全不行……同樣身為男人才好呢。沒錯，就是這樣。」

「對啊。比起女人，還是男人比較好。男人才更能了解彼此的事情……像是舒服的地方之類。」

他們兩個一起開口鼓勵我？

平常明明只會瞧不起我耶。夥伴果然是最棒的！

「是吧，是吧！男人之間的友情才是最……吶，你們為什麼要往我這邊靠近啊？」

「哎呀，今天有點冷嘛。所以我們幾個男人偶爾靠在一起睡，感覺也不錯啊。」

「就讓我們男人相互取暖吧，同時用身體互相安慰……」

兩人從兩側包夾並逐漸靠近我。

這兩個人不但雙眼充血，而且臉頰泛紅。

那個表情就跟發生琳恩那件事時，把我當成目標的——那個男貴族很像。

「等等，你們給我等一下！這個笑話很難笑喔！」

「我從很久以前就覺得達斯特緊實的屁股非常有魅力……」

「我喜歡大胸肌跟腋下……」

「不要講出那麼恐怖的事情！再這樣下去我好像會對你們改觀，所以快住手！」

眼神極度不正常的兩人不斷朝我逼近。

雖然我一點一點後退，背後卻撞上了某樣東西。

我慌慌張張轉過頭去，卻發現是戴著面具的巴尼爾老大站在那裡。

「難、難道連老大都在覬覦我的屁股嗎！」

「吾沒有性別，所以對那種事情沒有興趣。不過果然演變成有趣的情況了呢，汝這個男人真的是永遠都有新花樣。」

老大似乎早就知道事情會變成這樣，可以看見他的嘴角露出一抹微笑。

「老大，這跟你說的不一樣吧！明明對那群女人無效，結果這兩個人卻起了反應耶！」

「是因為這兩人待在下風處呢，應該是吸入大量煙霧導致發情了。看來這是廢物老闆少數買進的真貨呢。」

「竟然拿我當實驗喔！」

「呼哈哈哈哈！別那麼生氣。吾記得這個商品的特性，是吸入少量煙霧時，效果會慢慢顯現，但是瞬間吸入的量過多時，對於那個人的心意將會失控。至於同性大量吸入時……效果大約一個小時左右就會消失。」

我揮舞沒有出鞘的長劍，試著牽制擺出前屈姿勢靠近的兩人，同時聽著老大說話。

男人一邊發出粗喘一邊逼近的模樣，比任何怪物都令我恐懼。

「居然會維持這個狀態一個小時喔！」

「汝就努力四處逃竄吧。吾這個看穿一切的大惡魔可以在此斷言，要是被逮到，汝的屁股絕對不會平安——」

我還沒有把老大的話聽完就逃了出去。

「最近怎麼老是遇到這種事啊！我到底招誰惹誰了啊啊啊！」

（如果對象是異性，只要吸入少量煙霧，效果就會慢慢呈現出來，而且可以持續一到兩天。）

老大好像還說了些什麼，不過我根本沒有餘力去聽他說話。

與其待在這裡，置身於有魔物的平原都還比較安全！

我要拚死命逃過這一個小時！

「吶，你們為什麼這麼累啊？而且昨天晚上你們好像還跑去了別的地方耶。」

今天跟我一起搭乘馬車的是平常的隊伍成員。

奇斯和泰勒癱在馬車的椅子上，我則是被他們兩個害得疲倦至極，連回答覺得麻煩。

「其實我昨晚作了很奇怪的夢，而且是光是回想都覺得可怕的夢。」

「泰勒也是嗎？」

那兩個人以半裸的狀態四處追趕我一個小時以上。

我雖然逃得比在跟怪物戰鬥時還要拚命，最後依然被逼入絕境。在我即將慘遭他們的毒手前，兩人就毫無徵兆地倒在地上一動也不動。

但也不能把這樣的他們丟著不管，我只好揹起兩個半裸男想辦法回到睡覺的地方。

幸運的是，他們似乎把那件事當成一場夢，而且我也沒必要把真相說出來。

「達斯特也有作奇怪的夢嗎？」

「啊，嗯，別再提那件事了……我實在不想去回想。」

我現在光是看到恢復正常的泰勒跟奇斯都想戒備了。

桃花劫就算了，偏偏是菊花劫。

結果那群女人因為沒有吸入煙霧所以無效。即使真的有起作用，事到如今也已經完全過了生效時間了吧。就跟泰勒他們一樣。

「竟然三個人一起作惡夢啊。蘿莉莎能使用操控夢境的魔法對吧，不然請她幫忙讓你作個美夢好了？臉色很差耶，要不要喝水？」

我原本以為琳恩會嘲笑我或是感到傻眼，結果她居然在擔心我。

她還刻意坐到我旁邊，勤快地照顧著我。

……這個人是在策劃什麼嗎？

琳恩實在溫柔到毛骨悚然，我只覺得她一定有什麼陰謀。

「謝謝妳，能給我水嗎？」

但要是我在這時無情拒絕，下場應該也很恐怖，總之就先順從她吧。

在接過琳恩用水壺裝滿水的杯子時，不小心碰到她的手。

「我、我不是故意的喔！真的只是不小心碰到！」

「我知道啦，我才不會因為這點小事就生氣呢。」

別說生氣了，她甚至……將手掌疊在我握住杯子的手上？

是怎樣，琳恩究竟在想什麼！

泰勒他們因為太累了全都閉著眼睛，所以沒有看到琳恩的異常狀況。

好恐怖，太恐怖了！如此溫柔又沉穩的應對實在太奇怪了！

這股不曾體驗過的恐懼感超出我忍耐的極限，但即使我向泰勒跟奇斯求救，他們也沒有注意到。

之後琳恩整個人貼上來，不斷找事情跟我搭話。

非常在意這是不是某種陰謀的我，就這樣懷抱著忐忑不安的心情乘著馬車一路前行。

「達斯特，達斯特，已經能看到阿爾坎雷堤亞嘍！」

琳恩用力拍著我的背。

她今天的情緒異常興奮耶。雖然可能是我的錯覺，不過身體接觸的次數未免太多了。她竟然會高興地抱住我的手臂，這到底是怎麼了？

為了逃避這股不知名的恐懼，我轉頭眺望車窗外的景色，這時美不勝收的風景就這麼映入眼簾。

眼前的街景不負水與溫泉之都這個美名，統一以藍色為基調的建築物四處林立，所到之處皆鋪設渠道，顯得一片蔚藍。

「喔，這地方真漂亮，不愧是著名的度假勝地耶。得買個不錯的伴手禮給和真才行。」

「說的也是，要好好向他道謝才行。我跟你一起去買伴手禮吧。」

琳恩露出天真無邪的笑容望向我。這還是我第一次看見她這般毫無防備又溫柔的表情。

她剛剛甚至還邀我一起去買東西……

「所以說，妳是怎麼了？這是新的嘲諷手法嗎？每次找妳一起去買東西時，妳不是都用我會擅自買酒或要妳請客這種理由拒絕我嗎？」

「達斯特，你真的很不懂女人心耶，我是為了吸引你的注意，才會故意……」

琳恩竟然大眼汪汪地仰望著我。這個情況難不成……難不成是……？

我走桃花運了……不，難道是魔法珠子起作用了嗎？

如果是這個脈絡，那我就能理解琳恩至今為止的行動了，不過就時間上來看，魔道具應該已經失效了才是。

說不定琳恩在那時候因為咳嗽吸了比其他人還多的煙，所以時效還沒過。

不，肯定是這樣，拜託就是這樣吧！

這麼一來事情就不同了，身為男人在這種情況下不可能選擇拒絕。

「如、如果妳有那個興致……」

隨著琳恩的臉逐漸靠近，我也——

「達斯特先生，我們到嘍！」

馬車的門被用力打開，我跟琳恩也連忙分開。

芸芸及蘿莉夢魔就站在開啟的馬車門前方。

兩人都滿臉笑容地望著我後，只往琳恩瞥了那麼一瞬……而且還面無表情。

她們立刻就恢復笑容，所以可能是我的錯覺，但那似乎是寒冷徹骨的冰冷眼神。

三人昨晚明明感情還那麼好，難道是在夜裡發生了什麼事嗎？

插手女性們的衝突絕對沒好事。我很清楚這點，所以看來還是暫時不要靠近她們比較好。

「哦，到了啊？那就先去旅館放行李吧。」

泰勒和奇斯疲憊地拖著腳步往旅館走去。遠遠可以看到有人正在跟他們搭話，但那應該是觀光地區特有的拉客行為吧。

「咦？這裡的溫泉的霧氣……噫噫，巴尼爾大人！為什麼碰到霧氣會這麼痛！」

「這裡就是怠惰之都阿爾坎雷堤亞啊。不愧是信仰那個廢物女神的城鎮，這裡的空氣真是糟透了。」

居民聽見老大說的話後，轉頭瞪向這裡。

對方的眼神包含著非比尋常的殺氣。

而且還不是只有一兩個人，那種尖銳的視線從四面八方集中到巴尼爾老大身上。

「巴尼爾先生，不可以這樣啦！這座城市的居民有一大半都是阿克婭女神的信徒喔。要是講了奇怪的話，真的會到處被找麻煩喔！」

芸芸臉色發青地看向四周，一再低頭道歉。

呃，這傢伙剛剛是不是講出了很不得了的事情？

「喂，芸芸，妳剛剛說了什麼？」

「咦？你是要問居民們會怎麼找人麻煩嗎？那真的很不得了喔，即使對方是小孩子也不能輕忽呢。例如刻意在果汁裡不放冰塊、把你脫下來的鞋子調換左右腳擺，或是點牛排的時候就只有你那塊肉連中心都過熟之類。」

「這群人惡作劇的格局也太小了吧！但我要問的不是這個，妳剛剛是不是說這座城市信仰阿克婭女神之類的話？」

「你是問這個啊。這座城市住了很多祭司，包含居民在內幾乎都信仰阿克西斯教。」

「什麼啊啊啊啊！這裡是和真小隊的那個祭司，以及只會給人添麻煩的阿克西斯教徒的城市喔！喂，妳原本就知道對吧！為什麼沒有先告訴我！」

我至今也見過好幾個阿克西斯教徒，但沒一個正常。

而這裡就是那種人的大本營嗎？

被我逼問的芸芸滿臉通紅地轉過頭去。

「臉、臉太靠近了啦！關、關於這件事，因為要是說出來，這次的旅行很可能會泡湯。這是我第一次跟這麼多人一起旅行……就算是這樣的城市，我依然很期待……」

落單少女是在衡量後決定選擇旅行啊。

這時候責備她就完全是遷怒了，而且有個來過的人在場也比較放心。

「算了，雖說阿克西斯教徒很多，但只要別跟他們扯上關係就好了。儘管阿克西斯教的祭司幾乎都是怪人，但信徒的居民應該沒那麼嚴重吧。」

總不可能整座城市的人都跟宴會祭司，以及在御劍事件中來糾纏我的破戒祭司一樣。

雖然很在意芸芸撇開視線的反應，但不可能會有跟那些人同等級的傢伙啦。

眼前那位掛著和藹笑容朝我們走過來的老婆婆，看起來人就很好啊。

「哎呀～～你們是來觀光的客人嗎？」

「是啊，我們正要前往旅館……」

「這樣啊，那把這個拿去吧。這可以當成折價券，只要在上面填寫名字，就能在旅館享受各種服務喔！」

老婆婆遞出的那張紙上畫有簽名用的欄位。

除此之外的文字全都被她用手擋住，根本看不到。

「可以稍微把手拿開一點嗎？這樣我看不到上面寫了什麼耶。」

「哎呀，男人不用在意這種小事啦。好了，快點在那裡簽名吧。」

這種手段，就跟借錢時簽下借據，以及我在詐騙時經常使用的方法類似。

不讓對方閱讀說明，只逼著快點簽約。

反正肯定是想騙剛抵達的觀光客買下高級商品吧。

「那麻煩借我一支筆簽名。」

「沒注意到這件事真是抱歉，請用。」

我趁著對方轉移注意力放鬆手上的力道時，將整張紙抽走。

紙上只寫了普通的折價券內容，沒有什麼可疑的地方。

「真是的，你怎麼這樣啦。瞧，根本沒什麼吧。好了，請用這支筆簽名吧。」

我的直覺告訴自己，這位臉上堆滿笑容，不斷要求我簽名的老婆婆態度非常詭異。

會不會有詐欺手法中用幾乎看不見的超小文字寫下的那種契約內容……沒有耶。

真的只是要送我們折價券嗎？

「懷疑妳真是不好意思，在這裡簽名就行了嗎？」

「是的，就是那裡。那支筆的墨水可能比較難寫出來，要請你非常非～～常用力地把筆尖壓在紙上簽名。」

也太過強調這點了吧。

嗯？這張紙好像有點厚耶，難不成……

靈光一閃的我，抓住紙張的角落往上翻起。

折價券下方疊著另一張紙，而且兩張紙中間還夾了一張黑紙。

下方的紙上寫著「阿克西斯教團入教申請書」。

「開什麼玩笑！你們千萬不要簽名，那張紙下面夾了複寫紙！這豈不是害人差點就入教了嗎！」

「哎呀，你該不會是阿克西斯教徒吧。你身上有我們同志的味道喔。」

「不要把我跟你們混為一談！滾遠一點，去去去！」

我像對待野狗一樣揮手趕走對方。

什麼鬼啊，沒想到進入城市之後第一個搭話的人就是來傳教！

「你們也要多加注意——」

「哎呀，妳最近肌膚是不是有點糟？用用看這個吧，裡面沒有任何雜質，只有對肌膚很好的成分，光是塗上去就能擁有光滑的肌膚！成分只有溫泉水！而且還是光丟向不死系及惡魔，就能發揮出奇效果的溫泉水喔！」

「喔喔，那位渾身充滿孤獨感的小姐！妳知道這瓶水嗎？只要喝了這個，朋友就會不斷增加，金錢運也會急速上升，甚至可以找到戀人喔！在我們這邊可是很有名的商品！」

「那邊那位帥氣的面具小哥以及漂亮的小姐！你們的人生過得如何？如果內心有所不滿及壓力，要不要加入除了惡魔及不死族外全都能得到認可的阿克西斯教……嗯？你們給人一種奇怪的感覺耶？」

夥伴們已經全都被居民包圍，不是被強迫推銷就是被傳教。

雖然依舊露出可疑的笑容講個不停，但是逼近巴尼爾老大和蘿莉夢魔的男人似乎感到不解與懷疑。

巴尼爾老大的嘴角因為不悅而扭曲，其他的夥伴也因為輸給居民的氣勢，正困惑地用眼神向我求救。

「你們實在煩死人了，快點滾開！我們不會加入阿克西斯教啦！還有別再強迫推銷了！不要拿免費湧出的溫泉水來賣！」

雖然我開口趕人，但沒有任何人離開。

大概是判斷出這群成員中芸芸最容易攻陷，只見她被一大群人包圍。

「啊！我是很想要朋友……那個，不好意思，那個就有點……咦？只要入教就能讓這座城市的人都變成朋友……」

「不要那麼簡單就被說動好嗎！喂，都給我滾開！」

我用力推開人牆，抓住芸芸的手腕硬是把她拉出來。

可能是被人包圍所以很熱，只見芸芸滿臉通紅地仰望著我。

「謝謝你，達斯特先生。」

「受不了，不要乖乖接受那種勸誘啊。何況妳本來就讓人覺得很好騙了，態度要更加強硬一點才行。」

「這麼說也是。不過……在我困擾的時候，達斯特先生會來救我對吧？」

芸芸大眼汪汪地看著我，而且還露出高興的笑容。

看著她那副模樣——一陣涼意竄過我的背後。

明明每次看著我不是喊著性騷擾就是在抱怨，現在這股溫柔的語氣及表情是怎樣？

「我說啊，妳該不會跟琳恩一樣在計劃什麼惡作劇吧？是記恨我在高級餐廳門口喊著『肚子好餓，快餓死了』倒在地上凹妳請客的事嗎？還是在氣我覺得缺乏魄力的妳很好騙，所以在大街上下跪要妳幫忙還酒錢的事？」

「我才不會在意那種事呢。我跟達斯特先生……不是很要好嗎？」

她這麼說著，就將身體靠上我的手臂。

這傢伙分明只是個小鬼卻發育得很好，身體壓過來的時候胸部的觸感都……

「呃，我才不會那麼容易就被騙！怎麼可能會有那麼爽的事情！妳是從老大那邊聽說了珠子的效果，才來開我玩笑的吧！快點去旅館放行李嘍。」

我甩開芸芸，一邊趕走湧上來的居民，一邊快步走向旅館。

途中還抓起抱著肥皂及瓶裝溫泉水，口袋被塞滿大量入教申請書的泰勒和奇斯，才總算抵達住處。

「雖然已經做好了覺悟，不過這是何等令人不悅的城市。居民身上幾乎感覺不到負面情感，卻能從觀光客身上得到非比尋常的負面情緒。吾似乎能夠理解魔王也不想跟他們扯上關係的緣故了。」

「那個那個，光是碰到溫泉的霧氣，我的肌膚就覺得刺痛耶……」

老大在來到這座城市後，心情就一直很差。

蘿莉夢魔則是戰戰兢兢地走著，完全不敢靠近溫泉。即使抵達旅館，也站在離溫泉入口一段距離的地方。

「那麼，把行李放進房間後就自由活動嘍。老大，這樣無妨吧？」

「無所謂，吾也去參觀參觀這座小丑城市吧。就來好好玩弄一下這群信仰廢物女神的愚蠢信徒好了。」

「喔、喔喔，要適可而止喔。我要先去泡溫泉，目標是混浴池！」

我光明正大講給在大廳的所有人聽。

如果她們不是在欺騙我，而是魔道具真的起了作用，那應該會來混浴池才對。

「哦～～混浴池喔，隨你高興吧。我要去房間放東西了。」

「啊，我也要先去一次房間。」

「巴尼爾大人，晚點見。」

女生們沒什麼特別的反應，就往房間去了。

看吧，她們果然只是在捉弄我。

旅館房間的分配是兩人一間，我原本打算跟琳恩住同一間房，但自從抽籤之後他們就擅自決定了房間，所以我就變成跟巴尼爾老大同房了。

我將行李丟進雙人房後，立刻換上一身輕裝離開房間準備去泡溫泉。

溫泉的入口從右邊依序是男性浴池、混浴池跟女性浴池，我毫不猶豫就走進混浴池。

「我也很清楚，反正混浴池根本不會有女人在！」

雖然這麼說還是抱著期待打開通往混浴池的門扉後，就看到浴場空無一人。

中午的混浴池就只有我一個。算了，我就知道。

「這根本就是包場嘛，我就來慢慢享受吧。」

在沖洗區稍微洗過身體後，我就往浴池走去。

讓全身泡進溫泉，放鬆心情呆望起四周。

這時，一道牆出現在我視線的角落。就是那該死的障礙物隔開了混浴池跟女性浴池。

……在那道牆對面就是女性澡堂了。

「不過講到那兩個人奇怪的行為，對我最有利的解釋就是多虧了那顆魔法珠子，但怎麼想都很可疑。該不會是巴尼爾老大在背後穿針引線，先讓我誤認自己大受歡迎，等我得意忘形才公布真相讓我跌落谷底……說實話，這是可能性最高的情況。」

魔法珠子的威力貨真價實……這我在昨晚就體驗過了。

然而那兩個人已經恢復正常了，所以效果真的有可能持續這麼久嗎？

「實在搞不懂。老大後來似乎還說了什麼，我那時應該要仔細聽清楚才對。但事到如今想這個也是白搭了。」

就算再怎麼想也沒意義，我乾脆放棄思考，一路游到牆壁旁邊。

雖然試著找過牆上有沒有足以用來偷窺的洞，但是沒找到。

「應該聽得到聲音吧。」

即使我將耳朵貼在牆上也聽不見任何聲音。

「再等一下琳恩她們應該會來泡澡。還是我乾脆自己動手打洞啊。要是有帶刀子進來就好了。」

就在我低聲講這段話時，後方傳來混浴池大門被拉開的聲響。

反正肯定是大叔或老爺爺走進來吧，我不抱任何期待轉過頭去，發現站在那裡的是用毛巾遮住重點部分的……芸芸。

「啊，達斯特先生，還真巧呢……」

「呼嘿？」

驚訝過度讓我發出了奇怪的聲音。

雖然我因為霧氣看不清楚，但芸芸似乎完全不驚訝，只是害羞地看向這裡。

以年齡來說，她的身材果然很好……不對！

為、為什麼，這到底是怎樣？以惡作劇來說未免太過頭了！

難道說這不是在開玩笑？

這傢伙不但個性害羞又很怕生，即使是鬧著玩，應該也不會做出這種事。

「那、那個，如果你不會覺得困擾，可、可以跟你一起泡嗎？」

「喔，好啊。隨妳高興吧。」

可惡，我的聲音因為過度動搖而有些拔高了。

我明明就在酒吧及夢魔店見過無數次性感的大姊姊了啊。

而且那間店讓我作的夢境內容還更加煽情，為什麼我會如此緊張呢？

我目不轉睛地盯著芸芸扶著浴池邊緣，從腳趾開始慢慢進入水中的模樣。

「那個，呃，請問……我可以過去那邊嗎？」

「啊，什麼嘛。喔、喔喔，可以啊。」

芸芸在飄盪的霧氣中慢慢靠近。

她的模樣越來越鮮明，已經來到只差一點就能互相接觸的距離。

咕嚕——我嚥下口水的聲音在腦中響起。

「真、真是不可思議呢。我竟然跟全裸的男生靠得這麼近。」

因霧氣而濕潤的肌膚，以及泛紅的雙頰。

溫柔的眼神，害羞的笑容。

該、該怎麼辦才好，這時候禮貌上應該要出手吧？

不、不行，對方明明就是小鬼，我這麼慌張幹嘛。

「啊，那個，妳怕生的狀況是不是好轉了啊？」

「才沒有那種事呢。就只有達斯特先生……能讓我做出這麼大膽的行為喔。」

糟糕。她剛剛害羞地講出的那句話完全打中我了。

就連酒館的大姊姊也沒對我說過這種話喔。

可以嗎？真的可以嗎？這時候身為男人不出手不行吧？

不，等一下。這傢伙畢竟太年輕了，會構成犯罪吧……

這時候就是要維持平常心了。我得快點找回自己的平常心。

正當我深呼吸拚命想要讓自己冷靜下來時，後方再度傳來拉門被打開的聲響。

我跟芸芸下意識朝門的方向看去，就發現包著浴巾的琳恩正站在那裡俯視著我們。

被琳恩瞇起眼睛用帶著殺意的視線這麼一看，讓我原本因為溫泉及現況而發昏的腦袋瞬間

冷卻下來。

「為什麼芸芸會在混浴池裡呢？」

那道充滿壓迫感的低沉聲音，是琳恩打從心底生氣時才會出現的語氣。

「要、要不要泡混浴池是個人的自由吧。而且琳恩小姐不是說對混浴沒有興趣嗎？」

「我只是突然想泡混浴池而已。但沒想到你們兩個也在這裡……呢！」

琳恩語氣尖銳地講完，芸芸就發出「咿！」的一聲。

好恐怖……這傢伙一旦真的生氣，那狀況就危險了。

冒險者察覺危險時要立刻逃走，這正是讓自己活下來的訣竅。

我一點一點，動作緩慢地跟芸芸拉開距離。

「啊，妳們兩個竟然先偷跑！太狡猾了！我可是下定決心，不向會刺痛肌膚的溫泉霧氣認輸，才總算走進來的耶！」

這時又有人從開著沒關的門口走進來了。

沒拿浴巾的蘿莉夢魔全裸現身。

就只有重點部位不知為何被厚重的霧氣擋住所以看不見。可惡，為什麼會變這樣？

情況越來越複雜了。

這雖然讓我想起俗話中所謂的「後宮」，但事件進展跟我想像中的完全不同。

「妳們都是最近才認識達斯特吧，這時候應該讓給跟他認識最久的我才對！」

「我、我覺得這跟認識多久完全無關！在戀愛小說中，大多都是認識最久的人落敗！」

「我才是最了解達斯特先生癖好的人！」

三個人開始為了爭奪我起了衝突。

雖然如此夢幻的進展讓人不敢置信，但這些傢伙似乎是真心愛上我了。

魔法珠子，真有你的！

實在太感謝你了，巴尼爾老大！

面對這種場面，我能採取的做法只有一個。

「喂喂，不要為了我爭吵啦。我們相親相愛地一起泡澡不是很好嗎？總之芸芸負責我的左手，右手交給蘿莉夢……蘿莉莎，琳恩就負責我另一隻膨脹起來的手——」

「「「你閉嘴！」」」

「……是。」

三個人同時對我發出怒吼。

我只能在一旁看著這群女人的爭執不斷加溫，但情況逐漸變得越來越奇怪。

「夠了，這麼一來只能使用武力了！我要打倒妳們把達斯特搶過來！」

「難道妳覺得自己能夠贏過總有一天會成為紅魔族族長的我嗎？請不要小看我了！」

「我就抓住破綻讓妳們全部睡著！」

所有人都開始詠唱魔法。

這可不是旁觀的時候，必須讓她們冷靜下來才行！

我飛奔至沖洗區，用那邊的桶子裝滿冷水潑向那群女人。

「呀啊，好冰……咦？」

「啊，你在做什麼啊，達斯特先……生？」

「好痛好痛！咦？為什麼我全身都這麼刺痛！」

雖然蘿莉夢魔的反應有些誇張，但她似乎也恢復理智了。

可能是因為水太冰，只見她們三個人都全身僵硬地凝視著我。

現在的話，應該可以跟她們溝通了吧。

「我完全理解妳們的心意了。那就從琳恩開始，每三十分鐘輪流一次，這樣如何？」

我露出爽朗的笑容，開口說出調解的方法。

針對這個提案，她們三人的反應是——

「「「去死！」」」

如此這般的怒罵，並施放出完成詠唱的魔法。

8

「浮在浴池裡所仰望的天空就是不一樣呢。」
陽光從萬里無雲的空中灑落。
身上的疼痛只讓我覺得能活下來實在太幸運了。
「又變成這種結果啦，汝的負面感情十分美味呢。」
聽見老大的聲音後，我將視線朝那邊望去，就看到他身穿與溫泉格格不入的燕尾服站在那裡。
「老大，那到底是怎麼一回事啊？是魔法珠子在她們身上起作用了嗎？」
「直到剛剛為止──加上這個前提的話確實是這樣沒錯。如果只吸入少量的煙霧，效果會慢慢強化，持續時間也會延長。」
所以她們才會跟泰勒及奇斯不同，是從今天早上才開始變得莫名積極啊。
如果一開始就知道是這樣，我就可以做很多事情了。
「啊～～可惡，真是太浪費了。」
「不過汝的願望算是達成了吧。」

「確實有混浴到啦！不過老大，算我拜託你了，可以不要講得那麼曖昧，好好把詳情告訴我嘛。」

「這樣就一點都不有趣了啊。為了得到品質優良的負面感情，對吾來說，不確定的未來會比較有利。」

巴尼爾老大似乎因為我和眾人的負面感情相當愉悅。

在這種情況下被騙的人才是笨蛋，對老大生氣完全只是遷怒。

「好吧，我差不多該起來去睡悶覺了。」

「附帶一提，因為魔道具的效果而愛上小混混冒險者的女孩們，完全保留著至今為止的記憶。她們現在應該羞恥到想找地洞鑽進去吧。」

「真的假的，拜託饒了我吧……」

看來最近會被用比先前更加冷淡的態度對待。

光想像就讓我背脊發涼。

現在是不是先靠溫泉重新溫暖身子會比較好？

「可惡，因為已經有人在裡面了，讓我還期待了一下，結果是達斯特喔。」

「喂，達斯特。剛剛在走廊看到琳恩她們滿臉通紅地走過去，你知道為什麼嗎？」

跟女生們交替走進混浴池的是奇斯和泰勒。

巴尼爾老大也在不知不覺中消失了。

「誰知道，可能是遇到色狼了吧。」

我隨口回答後，兩人就瞇起眼睛瞪過來。

完全被懷疑了。

「你要控制好自己啊。這裡的居民雖然很那個，不過溫泉真的很棒。」

「呼──沒錯。雖然是充滿怪人的城市，但只有溫泉值得讚賞。」

兩人進入溫泉泡到腰部的高度，並且抬頭仰望天空。

我望著全裸的兩人，忍不住回想起那晚的惡夢，只好用力甩頭消除那副最糟糕的景象。

「雖然是沒有女人的混浴池，不過這樣也還不錯。」

「偶爾跟男人坦誠相見挺好的嘛。」

「的確，跟男性朋友在一起比較輕鬆。我暫時不想看到女人了。」

低聲講完真心話後，我就看到兩人傻眼的表情。

我說的話有那麼奇怪嗎？

「喂喂，你是怎麼了？該不會是生了怪病吧？今天要早點睡喔。」

「你竟然會對女人沒有興趣……如果身體不舒服，千萬不要逞強。」

看來他們是打從心底在擔心我。

雖然這種時候應該要生氣，不過泡著溫泉，就覺得怎樣都好了。

而且他們確實是在關心我。

「男人最該擁有的，果然還是好哥們吧。」

第四章
向信徒們呢喃惡魔的低語

1

在房間裡睡了一下之後，外面的天色也暗了下來。

跟我同房的老大似乎不在，於是我就決定去外面吃飯。

雖然旅館的一樓就是餐廳，不過現在還是別跟她們見面比較好。去找找別間餐廳吧。

我才出了旅館往大街走去時，就遇到一個女人正朝著我這邊走來。

「嘿～～身材跟臉蛋都很不錯呢。就來搭訕……算了，我暫時不想跟女人來往。」

在經歷過那段事情之後，面對平常絕對會開口搭話的場景，我也完全沒有出手的興致。

正當我們即將擦肩而過時，她似乎踢到東西而一陣踉蹌，提在手中的購物籃裡的東西也掉了出來。

「呀啊！怎麼辦，特地去買的蘋果……！」

我沒有丟下連忙撿起蘋果的女人不管，而是動手幫她一起撿蘋果，接著那個女人就隨手把購物籃丟在路邊，突然就挽起我的手。

「真是太感謝你了！多虧有你的幫忙！請讓我好好答謝你吧……！」

不過是幫忙撿蘋果，竟然整個人糾纏上來。

這個手法該不會是……

「前面有間阿克西斯教團經營的咖啡店，要不要和我到那邊去聊聊？」

「果然！我就覺得會是這樣！這根本是強迫推銷的手段！」

「雖然我聽不懂你在說什麼，不過我很擅長占卜，現在可以免費為你占卜運勢……」

我站起身打算開溜，但那個女人緊抓住我的衣服，不肯讓我離開。

這傢伙的力道意外很大耶。我還滿用力地想要甩開她，卻依然被她緊抓不放！

「占卜的結果出來了！你有女難之相！不過請放心吧，只要加入阿克西斯教，無論什麼苦難都可以逢凶化吉！」

「女難我已經遇過了！所以說放開我！要是妳再繼續得寸進尺，小心我趁亂揉妳的胸部喔！」

「吶，你們是在幹嘛啊？」

向爭執中的我們搭話的人，正是說過會晚一點才來會合的女盜賊克莉絲。

「哎呀，妳的胸前還真是貧瘠呢！沒事的，放心吧。即使是平胸，在阿克西斯教也會受到平等的愛憐！所以妳要加入阿克西斯教嗎？」

「初次見面就這麼失禮啊……很可惜，我是艾莉絲教的信徒。」

克莉絲面露苦笑，並取出代表艾莉絲教徒的聖印給那個女人看。

諂媚的笑容瞬間從那個女人的臉上消失，取而代之的是彷彿吃到黃蓮的苦澀表情。

「呸！」

然後那個女人突然就朝地面吐了口水。

接著撿起購物籃，直接邁步離開。

我跟克莉絲都反應不及，只能看著她的背影。這時，那個女人又回過頭——

「……呸！」

再次吐了口口水，才快步離開。

「雖然我有聽過傳聞，不過阿克西斯教徒的大本營還真不是蓋的……」

「就是說啊，真的不能小看阿克西斯教徒……不過，他們該不會有傳教指南書吧？竟然可以一直改變手法。是說，妳總算來啦，其他女生都在旅館喔。」

「這樣啊。那你一個人在這裡做什麼？」

「我現在跟她們見面會很尷尬，所以想找別的地方吃飯。」

「這表示你很閒嘍，那就陪我一下吧。艾莉絲教徒走在這座城市相當危險，你就來當我的護衛吧，我會請你吃飯。」

畢竟錢包裡只剩下零錢，我也沒理由拒絕她。

而且只要有艾莉絲教徒在場，也可以當成對當地居民專用的護盾呢。

2

跟克莉絲同行之後。

先是出現從未謀面的女人自稱是親戚來勸人入教。

接著有人來問「要不要參觀免費的畫展」，卻把我們帶往怎麼看都是教會的建築物。

還出現了祭司用逼真的演技大叫在我背後看到惡魔，不斷糾纏著說要幫忙驅魔。

到了最後——

「吶，這座城市到底是怎麼回事啊？竟然連那麼小的孩子都拿著入教申請書要人簽名，這也未免太奇怪了吧！」

「那也真的嚇到我了，竟然連那種小鬼都是同夥。這座城市是不是先滅亡一次會比較好啊？」

只差一點就被小孩逼真的演技騙倒的克莉絲正抱頭苦惱。

現在我終於能理解和真把這裡的住宿券讓給我的理由了。只要體驗過一次，就不會想再來第二次。

之後我因為連跟信徒們說話都嫌麻煩，只要對方一靠近——

「這傢伙是艾莉絲教信徒。」

我就會指著克莉絲如此表示。

接著對方不是吐口水，就是邊丟石頭邊大叫「艾莉絲的胸部是墊出來的！」然後立刻轉身離去，所以一路上都非常輕鬆。艾莉絲教的信徒也能發揮作用呢。

「這不是前輩的錯，這不是前輩的錯……」

不知道是不是接連受到那種對待而讓她大受打擊，克莉絲不斷碎唸著意義不明的話語。看來這讓她的精神耗損相當嚴重。

即使如此，我們還是默默朝著目的地前進。

大概是因為我們漸漸靠近作為阿克西斯教總部的大教堂，傳教的手段就發激烈。

如果目的地是大教堂，那根本等同於自殺，但我們不是要去那裡。

在大教堂旁邊有一座美麗的湖泊，同時也是豐沛的水源，不過那邊也不是目的地。

我們的目標，是位於大教堂後方，有源泉湧出的那座山。

「妳跑來山上要做什麼啊？」

「嗯～～我接了一個小委託，對方希望我來調查溫泉的效能。」

「效能？這麼說來，那群宗教狂熱分子似乎說了什麼對肌膚很好，還有對不死系及惡魔很有效等莫名其妙的事情。」

「我就是來調查這件事。」

畢竟那群信徒滿口謊言，去相信這種事也沒意義。

不過一旦變成委託內容，身為冒險者就只能調查了。我也是只要能受惠有人請客，就沒有任何意見。

在通往源泉的道路上，站著兩名應該是騎士的男人。

溫泉是這座城市的收入來源，配置警衛也是理所當然。

「那個……我希望可以到裡面去。」

「不好意思，前方沒有取得許可就不能進去。先前因為發生了很多事，現在檢查相當嚴格。」

兩名騎士相視一眼後，重重嘆了口氣。

這反應實在讓人很在意先前到底是怎麼了。

「究竟是發生了什麼事？」

「魔王軍的幹部打算汙染這裡的溫泉，不過被偶然在場的冒險者們打敗了。然而……儘管大祭司淨化了溫泉，泉水似乎也變成普通的熱水。」

「這還真是糟透了。」

如果溫泉的效能消失，變成普通的熱水，這裡就失去作為溫泉區的價值了。

咦？等等。明是如此，這裡的觀光客卻相當多，街上也充滿活力，整座城市相當繁榮。

「不過卻因此追加了進入浴池就能治療傷口、不死系和惡魔雖然靠近了卻無法觸碰泉水的神祕效果，所以觀光客變得比以前還多。」

「只要把溫泉的熱水淋到不死系和惡魔身上，似乎還能淨化他們。」

這算哪門子溫泉啊。

與其說是溫泉——

「果然是聖水啊。」

克莉絲似乎也做出相同的結論，她雙手抱胸陷入沉思。

雖然我先前很疑惑為什麼會有調查溫泉的委託，但現在能理解了。

「吶，無論如何都不能進去嗎？我想稍微調查一下源泉。」

「不好意思，這是規定。話說，不久前有個戴著面具的男人來這哩，還問了魔王軍幹部死亡劇毒史萊姆的下場呢。請問你們認識他嗎？」

那應該是指巴尼爾老大吧。他來這邊是有什麼事嗎？

「應該是我認識的人吧，對方還有說什麼嗎？」

「另外還碎唸了『得幫廢物老闆擦屁股』、『應該沒有留下證據吧』之類的話。」

看來老大另外有事要處理呢。雖然有些在意，不過我的直覺告訴自己，最好不要深入探查老大的事情。

先不提那個了，問題在於要怎麼跟這兩位死板的騎士溝通。一般來說，是絕對無法說服這種人放行。

反正這兩個傢伙也是阿克西斯教徒吧，只要利用這點說些謊話就行了。

「喂喂，同樣身為阿克西斯教徒，就通融一下吧。」

我邊說邊把某樣東西塞進騎士手中。

「賄賂是沒有用的……而且這只是溫泉饅頭跟阿克西斯教的入教申請書吧！我們是艾莉絲教的信徒！」

看來只靠旅館招待的東西無法收買對方。

「怎麼可能讓那群靠不住的阿克西斯教徒，來把守重要的公共設施啊！」

這是何等的說服力，我完全無法反駁。

對於個性大多都一本正經的艾莉絲教徒來說，這是最適合他們的工作了。

「我也同樣是艾莉絲教徒，勉為其難真是不好意思。」

克莉絲低頭道歉，並且拿出聖印給騎士們看。

接著他們的表情瞬間變得和藹可親，這效果真好。

「妳果然是艾莉絲教徒啊，難怪有種親近感。」

「是啊，而且是一個不小心就會答應要幫忙妳的程度呢。」

「哈哈哈哈，是這樣啊。」

克莉絲害羞地抓了抓頭，開始跟他們閒聊起來。

被排除在外的我只能眺望著城市的夜景。這時克莉絲似乎談完了，於是邊向騎士們揮手，就走回這裡。

「就算人在這座城市裡，艾莉絲教徒還是認真行事呢。真是令人高興。」

「要是所有人都是阿克西斯教徒，這裡就會變得無法無天了吧。那調查搞定了嗎？」

「啊，那已經沒差了啦。聽完詳情我就滿足了。」

「這樣就算委託完成了吧！那就快點去請我吃飯吧。」

「好啦好啦，畢竟跟你約好了，我們去吃飯吧。」

我跟心情莫名很好的克莉絲一同回到街上，接著走進有附設露台的大型餐廳。

這裡不僅菜色豐富，價格也很公道，看來是選對店家了。

服務生將我們點的餐點端上桌，無論哪一道看起來都好吃，忍不住令人口水直流。

「這位艾莉絲教徒的客人，這是本店給您的招待。」

「哦，艾莉絲教徒還有特別招待喔。早知道我就入教了呢。」

克莉絲在跟騎士們說話時取出的聖印並沒有收起來，所以女服務生應該是注意到了。

看來這裡可能跟那兩位騎士一樣，是少數由艾莉絲教徒經營的店吧。

端餐點過來的女服務生，面露微笑將某樣東西放在桌上。

那是用柔軟的材料做成的碗狀物體，而且還有兩個。

「謝……」

克莉絲的表情在看到那樣東西的瞬間僵住，緊握的拳頭也不斷顫抖。

「這難道是胸墊？」

他們發現克莉絲是艾莉絲教徒，還要諷刺她是平胸，所以才端出這個嗎？

阿克西斯教真是不得了耶。

最後只能由我帶著心情再度掉落谷底的克莉絲回到旅館。

途中還聽到幾個喝醉的阿克西斯教徒在大聲討論毫無意義的事。

「阿克婭女神最棒了！不過說真的，我覺得艾莉絲女神也很有魅力。」

「竟敢說這種話，你這個叛教者！不過在肖像畫中的那副微笑以及胸部確實是很有魅力。

真想被那對豐滿的胸部包圍呢！」

「我懂！那真的很不錯耶～～艾莉絲女神有著跟阿克婭女神不同的魅力。那算是充滿包容力的正統派女主角吧。會想跟阿克婭女神交朋友，但是想娶艾莉絲女神為妻，差不多是這種感覺？」

「就是這樣！就是這樣！」

醉鬼們聊得相當起勁呢。

想把自己信仰的神明當成朋友真的沒問題嗎？

不過自由奔放的阿克西斯教應該會容許這一切吧。

「為什麼妳要覺得害羞啊？」

「咦？沒有啊。沒什麼！」

克莉絲慌張地左右揮手。

她身為信徒，似乎很高興能聽到艾莉絲女神被誇獎。

「阿克婭女神到底是怎樣的存在啊？既然信徒們的個性全都如此強烈，實在讓人很在意女神本尊呢，真想見見她。」

「你見過很多次就是了……」

「妳說什麼？」

「不，沒什麼。」

雖然她說話含糊不清讓我有些在意，不過這也不是需要追究的事，於是我們重新往旅館的方向前進。然而醉鬼們的討論還沒有結束。

「不過啊～那對胸部是墊出來的吧？」

「似乎是喔。雖然我同樣愛著平胸，但是假奶就可惜了～～」

克莉絲的肩膀微微顫抖著。

這傢伙畢竟是艾莉絲教徒，聽到自己的女神被侮辱還是會生氣。

不過我也覺得那是墊出來的。

「我要睡了……」

「哈哈……謝謝。」

「是喔。那個，總之，就是那樣啦。我覺得艾莉絲女神比阿克婭女神好太多了喔。」

總算回到旅館後，我站在後方望著失落地走上樓梯的克莉絲幫她打氣。

艾莉絲教徒根本不該來這座城市。

看守源泉的騎士們待起來也是相當痛苦，克莉絲還相當同情他們。

「算了，反正跟我無關。」

由於我無視失落的克莉絲又吃又喝，現在不但肚子很飽，醉意也正好湧上，就這樣直接回房睡覺吧。

才剛躺上床鋪，我就進入能將阿克西斯教徒的煩人的程度，以及克莉絲有多失落全都遺忘的美夢當中。

……然而沒過多久，一道敲門聲吵醒了我。

往窗戶外看去，現在應該還是深夜。不過巴尼爾老大還沒回來，該不會是忘記帶房門鑰匙吧？

「是老大嗎？我現在就去開門。」

我走到房門前將上鎖的門打開後，只見芸芸站在走廊上。

她正低著頭忸怩地玩著手指。

……看來她是為了溫泉的事情來向我抱怨。

「那、那個，其實……」

「混浴的事情真是不好意思。不過，那也是妳們自己要走進來的喔。」

雖然魔道具的效果也是原因之一，但只要老大不說出去，這件事情就不會曝光。

我個人是希望能隱瞞這點，將所有事情蒙混過去。

「這、這個我也知道。不過實在太奇怪了，我不知為何突然變得異常積極，還覺得達斯特先生看起來有點帥。是眼睛產生錯覺了嗎？」

「呃，是吧。妳搞不好是喝醉了？」

「我不記得自己有喝酒，該不會是喝錯了吧？」

芸芸歪著頭低聲說道。

照這個樣子應該能騙過去。

「就是這樣吧。可能是店員錯將果汁拿成酒，但妳因為太興奮了沒有注意到。」

「這麼說……也是呢。我會把混浴的事當成被哥布林毆打然後忘掉。先前說的事情也全部都是謊言喔！所以，請達斯特先生也忘了這件事吧！」

芸芸害羞到用力握緊了雙手，臉也羞紅到幾乎要冒出霧氣。

她應該是很在意自己半裸的模樣被看到吧。

「喔，我已經忘記了，所以妳也別太在意。不過妳在三個人當中身材最好喔！」

「你根本就沒忘吧！」

我花了一番功夫才安撫了不斷捶著我胸口的芸芸，讓她回到自己的房間去。

即使外表如此，她終究是個小鬼，還是不要再用這件事捉弄她好了。

我想著這次一定要好好休息，便轉身躺回床鋪，將棉被拉至肩膀。

3

「這座城市的居民到底是怎樣！」

我被巴尼爾老大激動的怒吼吵醒。

「老大，你大清早的是在叫什麼啊？」

「現在已經快中午了喔，慾望小混混。阿克西斯教徒真的是難以理解的存在。吾明明對祭司們灌輸了一堆廢物女神的壞話，結果別說是喪失信仰心，他們竟然還大喊『不愧是阿克婭女神』對她讚不絕口！這群人腦袋絕對有毛病！」

「我實在有很多地方想吐嘈，不過老大，你有見過那個女神嗎？」

「吾跟她見面次數相當頻繁！明明沒人邀請她卻整天為了打發時間跑來玩。先不提那件事了，不讓這座惱人城市的居民大吃一驚，吾絕不罷休！」

我幾乎沒有見過老大氣成這樣呢。

……啊，倒也不是這樣。當美女老闆花錢進了多餘的貨品，他幾乎都會變成這副模樣。

不過老大是不是氣過頭，把自稱女神的宴會祭司跟阿克西斯教真正的女神搞混了啊？

老是跑去魔道具店玩，還給人找麻煩的，應該是和真小隊的祭司吧。

「住宿期間是到後天吧。就找那傢伙幫忙把這座城市化為一片混沌也不錯！這樣就能把這裡變成充滿負面感情的寶地了！呼哈哈哈哈哈！」
由於老大突然自嗨起來，我就悄悄離開房間走到一樓。
除了克莉絲之外的成員全都在場，不過所有人都累癱趴在桌上。
「可惡，我還以為自己走桃花運了……原本覺得是自己大受歡迎……」
「我已經不想再離開旅館一步了。這座城市根本是魔境……」
奇斯和泰勒的上衣跟褲子口袋全都塞滿了阿克西斯教入教申請書。不用問就知道發生了什麼事。
「傳教手法比我先前來的時候更加惡化了……不過總覺得看過這種手段……嗯……」
這群人當中相對較有精神的芸芸，用手指頂著額頭低聲碎唸著。
可能因為她是在場唯一造訪過這座城市的人，才會擁有免疫力吧。不過她也是最有可能輸給誘惑的人。
「我想回去店裡了……阿克西斯教好恐怖……我先回房間了……」
跟我擦肩而過的蘿莉夢魔臉色發青，邊抱住自己的身體，顫抖著走上樓梯。
看來她受的打擊最重呢。畢竟這裡的溫泉都變成聖水了，對下級惡魔的夢魔來說，光是接觸霧氣都很痛苦。
若是有巴尼爾老大的水平似乎就沒差。

「達斯特，雖然比計劃好的行程早，但我們還是回去吧。」

琳恩也是一臉疲憊。

大家都憔悴到沒有去提昨天在混浴池發生的事，某種程度上來說對我相當有利，就這樣中斷旅行啟程回家也不錯。

而且我也很擔心蘿莉夢魔的身體，就這麼辦吧。

「這麼說也對。這裡不是可以久留的——」

「等一下！」

打斷我說話的人，正是看起來已經從昨天的打擊中恢復精神的克莉絲。

她踩著重重的步伐朝我們這邊走過來，接著就砰的一聲很有氣勢地將手擺到桌上。

「我有件事情想請大家幫忙！各位應該也覺得這座城市不能維持現狀吧？」

「咦？克莉絲小姐？」

芸芸似乎認識克莉絲，所以看到她時相當驚訝。

其他人也被克莉絲充滿幹勁的魄力給震懾，所有人都抬起頭盯著她看。

我有種不好的預感，但總之先聽聽看她要說什麼吧。

「我無法接受艾莉絲教徒活得那麼沒尊嚴。希望大家能幫忙想想，有沒有什麼可以改善艾莉絲教徒立場的方法。絕對不是因為胸部被說是墊出來的才會這麼生氣喔！」

昨天聽說騎士們的待遇後，克莉絲就一直陷入沉思。

她身為虔誠的艾莉絲教徒，才會想幫忙做些什麼吧。雖然不是不懂她的想法，但說真的，我不想跟阿克西斯教徒扯上關係。

「達斯特、達斯特。那個人是偶爾會跟和真他們組隊的女盜賊吧？」

克莉絲持續她熱情的演說，我們則是一邊偷看她，一邊聚在一起低聲討論。

「沒錯。她是叫作克莉絲的盜賊，好像是艾莉絲教徒。在目睹這座城市的慘狀後，就變成那副模樣了。」

「真令人同情，不過我認為最好不要再跟阿克西斯教扯上關係……同意的請舉手。」

琳恩這麼說完後，除了看著什麼都沒有的地方持續演說的克莉絲外，所有人都舉手了。

「不過被添了這麼多麻煩之後，我實在很想做些什麼，稍微回敬他們一下。」

「這個心情我也不是不能理解。」

泰勒點頭同意奇斯的牢騷。

「克莉絲小姐也是我們的團員，我也很想幫她，可是……」

芸芸雖然心情上想幫忙，但似乎沒什麼動力。

皺著眉頭的琳恩應該也是相同想法吧。

畢竟就算幫忙了也得不到半點好處。這種時候只要隨便附和她，假裝有在聽就行了。

等她把不滿全都宣洩完，心情自然就會變好。

「最近還有畫滿色情圖畫的書在阿克塞爾流傳。有謠言指出，那似乎也是阿克西斯教在推廣……」

這段話令我虎軀一震。

那是指我賣出去的色情書刊吧。

夥伴們當然也知道這件事，所以視線全都集中到我身上。

「艾莉絲教將那些書回收之後，有去找阿克西斯教抱怨，結果反被性騷擾，說什麼『雖然我們不是犯人，不過這真是太棒了！所以這東西究竟哪裡猥褻？麻煩親口詳述一下！』據說目前打算找警方合作，以散布猥褻物品的罪名對阿克西斯教團進行正式搜查……」

一旦他們展開正式調查，立刻就會發現來源是我。

那我不就慘了？

「啊，對了。我要把賣掉先前找到的寶藏所賺來的錢還給達斯特。」

「我也還給你吧。」

「也對，那我也還你吧。」

「你們幾個不要自顧自想脫身！」

「咦、咦？什麼意思？」

我跟平時一樣無視唯一無法加入話題的芸芸，但這群人竟然打算把一切都推到我身上，好讓自己脫罪。

真傷腦筋，再這樣下去我又要受到警察的關照了。

雖然這是無所謂，不過販售書本的收入要是被沒收，那可真是沉痛的打擊。

這時候是不是應該幫忙克莉絲，好賣個人情給艾莉絲教呢？

「很好，我懂了！這種時候身為朋友就該兩肋插刀！我也想讓這裡的阿克西斯教徒一點顏色瞧瞧！你們說是吧。」

夥伴們也很清楚我把他們拖下水的用意是什麼，所以全都不情不願地點點頭。

唯一跟不上話題的芸芸顯得形跡可疑，卻沒有勇氣開口詢問。之後再跟她說明吧。

說實話，這趟旅行本來是順便讓奇斯和泰勒好好休養的，結果別說是消解疲勞，狀況反而更加惡化。

這群阿克西斯教徒給我的夥伴及朋友添了許多麻煩，如果不反將他們一軍，要我怎麼嚥得下這口氣。

「真的嗎！謝謝你！」

看著克莉絲那充滿期待的高興表情後，我的內心浮現了某個計畫。

我現在終於知道，初次見面時的那股似曾相識感究竟是怎麼回事了。

「我想到一個有趣的點子了。只要一切順利，說不定還能增加艾莉絲教的信徒喔。」

4

由於手邊的東西不足以實行我想到的作戰計畫，於是我為了找齊所需物品在街上繞繞。
記得我的目的地就在這附近。
「話說回來，為什麼妳也在啊？」
「因為我很擔心放達斯特先生一個人……」
芸芸不知為何跟在我身邊。
而且視線完全不看向我，只是忸怩地望著地面。
難道她還打算對混浴的事說些什麼嗎？
「我的裸體也有被妳看到，這樣算扯平了吧？如果還嫌不夠，我就當場脫下來，讓妳看個夠如何？」
「不要再提那件事了！請不要讓我回想起來！」
咦？不是這樣嗎？

我還以為她依然對那件事念念不忘呢。

不然芸芸為什麼要跟我一起來？

「我只是去借一下必要的東西而已喔。」

「是、是這樣啊。那個……就是……今天的天氣真好。」

聽到芸芸如此表示後，我抬頭望向天空，今天的確是大晴天。

由於完全搞不懂她想說什麼，於是我重新望向芸芸，這才發現她靠得比剛剛更近。

仔細觀察後，發現她是用看不出來是否有移動的程度，慢慢拉近跟我之間的距離。

「吶，妳這是在做什麼？」

「咦？什、什麼都沒有喔！」

她用超高速揮動雙手。

芸芸看起來相當害羞，那她究竟是為什麼要靠過來啊？

魔道具的效果依然持續中嗎……不，實在很難這樣想。那似乎算是一種魔法，三個人當中魔力最強的芸芸也擁有最強的抵抗力，所以恢復的速度也會比較快才是。

如此一來，這是她出於自身意志做出來的行為吧？女人果然很難懂。

「達斯特先生要去哪裡？」

「啊，我要去一趟劇場。」

「劇場嗎？如果有上演有趣的戲劇就好了呢。不知道有沒有在演愛情劇呢～～」

「不，我可不是要去看戲喔。」

她似乎誤會了什麼，於是我連忙向她解釋。

那種異常的反應讓我覺得怪怪的，不過算了。只要不會妨礙到我，就先不要理她吧。

「啊，這裡有間時髦的咖啡廳耶！」

「妳是要我請客喔？哈！妳覺得我乾癟的錢包裡頭會有錢嗎？」

「達斯特先生真的很沒出息呢……」

即使妳瞪著我這麼說，我也拿不出錢。

我無視咖啡店繼續前進後，芸芸又在攤販前方停下腳步。

「達斯特先生，達斯特先生！這裡有好可愛的布偶！」

看了看從芸芸拿在手中的布偶上垂下來的價格標籤後，我皺起了眉頭。

上面標著比我平常的酒錢要多上數倍的金額。

「呃，這東西要這麼貴喔？喂，這應該要更便宜吧？至少也是半價。」

「即使客人這樣說，這也已經是最低價了。」

「等、等等，這樣很丟臉，別這樣做啦！不好意思！不好意思！」

我才剛逼近老闆，芸芸就闖進來把我拉開。

「真是的！不可以給老闆添麻煩啦。」

「就是因為妳看起來很想要，我才會試著跟他交涉看看能不能殺價啊。」

之後芸芸又在賣雜貨的攤販及金飾店前面停下，不過我徹底無視興奮的她，自顧自地抵達劇場。

「完全做不到類似那樣的事……」

「妳說什麼？」

失落地在一旁碎唸的芸芸真是令人毛骨悚然。

感覺她今天異常興奮，卻總是在白忙一場。

「已經無所謂了……」

她似乎放棄了原本的目的，接著獨自轉身離去。

真是個怪人。不過算了，我也快點把自己要辦的事情搞定吧。

5

「雖然事到如今才這樣講也很怪，不過做這種事情會遭天譴吧……」

「妳剛剛也興致勃勃的啊。沒問題啦，畢竟艾莉絲女神感覺相當溫柔，肯定會笑著原諒大家。」

琳恩一臉擔心地看著克莉絲。

克莉絲本人則是坐在椅子上露出苦笑。

化好妝並換上衣服之後，克莉絲比我想像中還更像女神艾莉絲。

畢竟見面的時間很短，我沒有記得很清楚，不過確實是這種感覺。

我先前就覺得艾莉絲女神很像某個人，沒想到克莉絲用化妝隱藏臉上的疤痕再穿上類似的服裝後，看起來就跟本人一樣。

「感覺好像似曾相識呢。總覺得我最近也有做過類似的事……」

雖然克莉絲一臉困惑地搔著臉頰，不過為了艾莉絲教徒，她還是下定了決心。

「達斯特，這件衣服是哪來的？確實是跟肖像畫中的艾莉絲女神的打扮很類似呢，真虧這座都市會有這種東西。」

「這裡的劇場有一部很有人氣的戲劇，劇情似乎是身為晚輩的艾莉絲女神總是失敗或做出多餘的事情，讓她的前輩阿克婭女神幫忙擦屁股。我就是借用了那裡的服裝。」

「咦，這根本完全相反吧……」

克莉絲表情扭曲，有些欲言又止。

身為艾莉絲教徒，她應該無法接受這種故事內容吧。

「這又不是女神本人想靠撒謊獲得信徒，而且妳在艾莉絲感謝祭不是也有扮過嗎？這次就跟那個一樣，不會有問題啦。所以說，只要正好穿得跟艾莉絲女神類似的服裝走在街上，然後做出引人注目的善行，就能多少改變艾莉絲教徒的待遇了，以上就是這次的手段。」

「不過啊，身處阿克西斯教的大本營，用這副打扮走在路上，根本是自殺行為吧？」

奇斯的吐嘈讓所有人陷入沉默。

在這座城市光被發現是艾莉絲信徒就會遭受過分的對待。我實在……不覺得這麼做可以全身而退。

「吶，不要不說話啊！所以我現在是要去自殺嗎？」

「不至於被殺掉啦……應該。」

「看著我的眼睛說啊！為什麼所有人都把視線移開了？」

我是參考了不久前在阿克塞爾舉辦的艾莉絲感謝祭，才想到這個計畫。

雖然我不在現場，但有聽說女神親自降臨在艾莉絲女神選拔會上。

由於這件事在各地廣為流傳，所以才會想利用傳聞，讓眾人認為艾莉絲女神也降臨這座城市。畢竟要怎麼想像是個人的自由嘛。

「無論如何，即使是阿克西斯教徒，也不至於辱罵或毆打可能是女神的對象吧。」

「也是啦，就算是阿克西斯教徒也不至於做這種事。」

「嗯嗯，沒錯沒錯。」

彷彿硬是要說服自己，夥伴們全都不住點頭。

「不過被發現是冒牌貨時會怎樣呢……」

芸芸的低語再度讓大家陷入沉默。

就算真正的艾莉絲女神在場都令人不安了，如果還被發現是冒牌貨，那不就……

「可以確定會被蓋布袋痛打一頓，然後被趕出這座城市吧。」

「如果只是這點程度就能解決那還算好。對這裡的居民來說，羞辱艾莉絲教徒就等同是他們的生存意義喔。」

畢竟芸芸對這座城市最為熟悉，這段話的可信度相當高。

實際上，就算只待在這裡兩天，我也覺得肯定會是如此。

「吶，我覺得超不安耶！我看還是算了吧？雖然我想改善艾莉絲教信徒的立場，但這個方法肯定有問題！」

「來想想別的手段吧。」

我一說出結論，所有人都鬆了口氣。

放棄這個方法是無妨，不過實在想不到別的方案……

「惡魔出現了！那傢伙似乎正在噴水廣場辱罵阿克婭女神！」

「惡魔！」

這時，旅館外頭才傳來怒吼以及人數眾多的腳步聲，依然打扮成艾莉絲女神的克莉絲，就這麼飛奔出去了。

「等、等一下！別穿著那套服裝出門啊！」

「克莉絲小姐！不行啦，這樣太危險了！」

我們也連忙追上去。

先前是有聽說艾莉絲教跟阿克西斯教同樣極度討厭惡魔，但我真的沒想到她會渾然忘我到穿著那身服裝就衝出去。

不過要是那些看到克莉絲的打扮肯定會上前找麻煩的傢伙們，也都殺紅了眼直指前方狂奔，沒人注意到她的樣子。

抵達廣場後，看到那裡出現昨天沒有的木製舞台，巴尼爾老大及蘿莉夢魔就站在上面。

巴尼爾老大抬頭挺胸睥睨著包圍他的居民，然而站在他身邊的蘿莉夢魔卻是全身顫抖地抓住老大服裝的袖子。

那兩個人到底在幹嘛？在這種地方坦承自己是惡魔，事情會一發不可收拾吧。

「那副模樣……是在助手家看到的人型人偶？雖然有種奇妙的感覺，不過處於這種姿態時能力會受到限制，實在很難分辨啊。」

原本非常憤怒的克莉絲正吃驚地看著巴尼爾老大。

雖然不知道發生了什麼事，不過她似乎已經冷靜下來。

儘管老大一副怡然自得的模樣，包圍著他的阿克西斯教徒們，卻是激動到隨時都有可能衝上去的樣子。

「不久之前才出現一個自稱是阿克婭女神，應該受到天譴的祭司，沒想到這次竟然又出現辱罵阿克婭女神，彷彿惡魔般的男人！」

「呼哈哈哈哈！信仰愚蠢女神的愚蠢教徒們，感謝各位願意回應吾的呼喚。哎呀，吾竟然說了兩次愚蠢呢，失敬失敬。」

竟然手扶著額頭仰天大笑。

老大的挑釁依然狀況絕佳。

「愚蠢且無能的群眾，吾可是打算向汝等傳達真實。別說辱罵，各位反而該感謝吾。」

「你在說什麼！雖然那個面具有點帥，不過我絕不允許你看不起阿克婭女神！」

「不准瞧不起阿克婭女神，你這該死的惡魔！」

「看來汝等真的將那個無能與怠惰的化身當成女神在信仰呢！那傢伙不但對艾莉絲教做出惡作劇等令人困擾的行為，還會因為在酗酒後發酒瘋被公會職員教訓，唯一受到認可的只有宴會技能喔！」

雖然對激情演說中的老大不好意思，然而那是冒牌女神的阿克婭所做出的行徑喔。

才在想難得信徒們會露出認真的表情聽老大演說，他們竟然開始點頭同意。

接著還同時抬起頭開口表示：

「「「這不是超棒的嗎！」」」

這群人異口同聲在說什麼鬼話……

「這些行為完全符合阿克西斯教的教義啊！『無論是壓抑自己、認真過活，還是毫不努力、輕鬆過活，明天會發生什麼事情還是無法預測。既然如此，與其顧慮未知的明天，不如把握確切的當下輕鬆過活。』這正是我學到的教義！」

「沒錯，就是這樣。你不知道阿克西斯教的教義嗎？『汝，若是有煩惱之事，就開心地活在當下。隨波逐流，樂得輕鬆吧。不要壓抑自我，循著本能前進吧。』我每天晚上都會複誦這段話喔！」

「受不了，外行人就是這樣搞不清楚狀況。聽好了！『汝，無須忍耐。想喝就喝，想吃就吃。畢竟明天也不一定能吃到東西。』給我好好寫下筆記啊！」

身穿阿克西斯教祭司服裝的傢伙們紛紛往巴尼爾老大逼近。

不過，這些教義多麼令人感動。

搞不好阿克西斯教也還不賴嘛。

「跟達斯特的生活方式一模一樣呢，難怪你會被誤認為是阿克西斯教徒。」

「……我有爛到那種程度嗎？」

「「「嗯。」」」

女性們不約而同表示肯定，男性們則是無言地點頭。

回想起阿克西斯教徒至今的言行舉止，而我竟然跟他們是同類啊……即使在我如此煩惱時，信徒們也持續在跟老大對罵。

「戴面具的傢伙。雖然你講得彷彿是親眼看到一樣，但我可沒聽說過阿克娅女神下凡的事蹟喔！雖然先前有個不要臉的傢伙，用阿克娅女神的名號招搖撞騙就是了。」

其中一位女信徒這麼大聲說道，其他的信徒們也用力點頭同意。

……嗯？為什麼祭司們會同時撇開視線啊？

「哼，那只是汝等不知道罷了。女神阿克娅……哎呀，要是說出這個，阿克西斯教徒有可能會更加得意忘形吧。嗯，信仰愚者的低能集團，汝等聽好了。各位有聽說過女神艾莉絲降臨於阿克塞爾的傳聞吧？」

老大的提問讓民眾們竊竊私語起來。

「我有聽說過喔。說是在感謝祭時下凡什麼的。」

「艾莉絲教的那群人都自傲地到處宣傳呢。」

看來那件事也有傳到這座城市來呢。

我構思的作戰手法可能還不差喔。

「看來汝等都有聽說過啊。在得知艾莉絲下凡後，阿克婭羨慕地表示自己一個人跑去玩實在太狡猾了，然後就跟著下凡。還說什麼她也想一起狂歡。」

真是支離破碎又很勉強的理由。

我不覺得這個麻煩的集團會相信這種事。

「這怎麼可能……不過阿克婭女神似乎真的會做這種事。」

「畢竟是阿克婭女神嘛。」

「阿克婭女神的話應該會這麼做吧。」

竟然立刻就相信了！

如果是會傳播這種教義的女神，就算真的這麼做了也不意外。

「吾在過來這裡之前，曾打從心底瞧不起阿克西斯教，但吾也有所反省了。過去雖然認為阿克西斯教徒全都是眼高手低，只想著如何偷懶的樂觀主義者，然而其根基卻是追求真正自由的火熱魂魄。如今接觸到此事實，令吾深受感動！」

巴尼爾老大在舞台上握緊拳頭，一旁的蘿莉夢魔則啞口無言地凝視著他。

我實在不覺得身為惡魔的巴尼爾老大會對此有所共鳴，但該不會是這裡的氣氛帶給他不好的影響，腦袋燒壞了吧？

……不對，這背後肯定存在某種陰謀。雖然跟巴尼爾老大認識不久，但我知道這點小事奈何不了他。

「喔、喔喔。看來你已經理解阿克西斯教的優點了。這麼一來你就是同志，至今為止的辱罵就這樣一筆勾銷吧。」

其中一名信徒如此表示後，周圍的群眾也露出笑容。

直到剛剛為止的那種充滿殺意的模樣徹底消失，祥和的氣氛瀰漫開來。

阿克西斯教的教徒意外地相當單純呢。

「吾原本為了大賺一筆，打算高價販賣偷拍下凡的女神阿克婭後收集成冊的寫真集，然而吾等既然身為同志，就特別打五折販售吧！」

巴尼爾老大邊說邊跟蘿莉夢魔合作，將放在舞台角落的木箱搬到舞台前並打開蓋子。

哦哦，原來是這麼一回事。我完全理解巴尼爾老大在策劃什麼了。

先靠挑釁吸引眾人目光，接著假裝悔改，並謊稱降價，用平常的價格販賣商品。巴尼爾老大真是個壞人呢。

「你說阿克婭女神的寫真集？我要買！快賣給我！」

被一大群客人包圍的蘿莉夢魔手忙腳亂。

這樣別說是做生意，根本就快要引發暴動了。

我毫不猶豫就往巴尼爾老大那邊跑去，並且闖進蘿莉夢魔及教徒之間。

「喂，你們全都冷靜一點！要是不好好排隊什麼都買不到喔！老大，我來幫忙，你們應該人手不夠吧？」

「嗯，動作真快，就看汝的工作表現，提供販售總額的一成當報酬吧。」

「成交！」

巴尼爾老大只靠眼神交錯就理解我想表達什麼了。

我們看著對方露出不懷好意的笑容後，就開始動手販售。

「你們也來幫忙！芸芸，妳是老大的朋友吧！」

「咦？啊，好的！」

我們將書本排上長桌，依序賣給湧上來的教徒。

打扮成女神艾莉絲的克莉絲似乎注意到自己有多格格不入，在這邊可以看見她默默朝旅館走去的背影。

大量的寫真集一本接著一本消失。

「可惡，若隱若現根本看不清楚啦，誰手邊有剪刀或是刀子！」

為了不讓人偷看內容，寫真集被用繩子綁了個十字，所以信徒們正拚命想把繩子切開。

我眼角的餘光看見似乎是冒險者的信徒用手邊的短劍切斷繩子，開始翻閱起內容。

「這是什麼鬼啊啊啊啊啊啊啊！」

那傢伙翻開寫真集，仰身發出慘叫。

信徒們的目光全都往那邊集中，接著在確認寫真集的內容後，變得全身僵硬。

「這個也好，那個也是，連這頁也一樣！這到底是怎樣！」

被丟出去的寫真集攤開掉在我面前。

出現在書頁上的不是女神阿克婭——

「很可惜，那是吾的寫真集！呼哈哈哈哈哈哈哈哈！」

而是老大半裸著上身擺出姿勢的照片。

雖然被帶著殺氣的視線貫穿，但老大依然高聲大笑。

「這是何等的負面感情啊！那傢伙的教徒所散發的負面感情真是獨樹一格！呼哈哈哈哈哈哈！實在太美味了！」

「巴尼爾大人！巴尼爾大人！現在不是大笑的時候吧！」

蘿莉夢魔害怕地哭著抓住巴尼爾老大。

這也是理所當然，畢竟我們被氣到面容扭曲的阿克西斯教徒包圍了。

「把他們抓起來，浸在溫泉裡連續聽三天三夜的教義！」

「別想逃走！」

老大在群眾一擁而上前推開蘿莉夢魔，接著就被人群吞沒。

「巴尼爾大人！」

「抓到他了！咦？怎麼會這麼輕？」

「華麗脫皮！」

巴尼爾老大跟蘿莉夢魔的聲音混在群眾的聲音當中。

目前老大似乎還沒有被抓住，而是躲了起來，不過他是怎麼辦到的啊？

「那、那個，雖然現在還能隔岸觀火，不過我們也很危險吧？」

「這麼說也是。」

琳恩一臉恐懼地抓著我的袖子。

幫忙販賣寫真集的我們自然也會被當成老大的夥伴。這麼一來，教徒們的下一個目標就會是……

由於巴尼爾老大動如脫兔四處逃竄，被他搞到極度焦躁的教徒轉頭望向我們。

他們的眼神非常危險，我完全不想去思考要是被抓住會有怎樣的下場。

「把同夥也抓起來——！」

「大家，撤退了！快逃！一旦被抓到人生就完了！」

「「「咦咦咦咦？」」」

我第一個飛奔而出，夥伴們緊接著跟上，最後則是如海嘯般逼近的教徒。

看著這副光景，我可以確定一旦被抓到保證會沒命。

拚盡全力逃跑的我，發現克莉絲就走在前面。

「艾莉絲女神竟然出現在這種地方——！」

於是決定好好利用她。

「原來是暗黑神艾莉絲在背後策劃一切的嗎！無法原諒！」

看來我成功將一部分的敵意轉移到打扮成女神艾莉絲的克莉絲身上了。

看到人群往自己逼近後，克莉絲雖然一臉困惑仍拔腿狂奔。

「怎麼了？這、這是怎樣！咦？咦？咦？」

「被逮到的話不知道會落得怎樣的下場喔，快跑快跑！」

「到底是怎麼了！你們為什麼會被阿克西斯教的人追殺啊？」

跑到我旁邊的克莉絲拚了老命逼問，不過我也沒有餘力回答她。

這群信徒的體力及腳程非比尋常，才想說為什麼連老人跟小孩都能跑這麼快，就發現阿克西斯的祭司正在幫眾人施加強化魔法。

「再這樣下去一定會被抓住！我們分頭逃跑吧！」

「我知道了，大家都有聽到吧！」

確定大家都有點頭回應琳恩的確認後，我在三岔路口前放慢速度，確認芸芸逃跑的方向後立刻追上。

我之前聽芸芸說過，她認識阿克西斯教的最高神官。

在最糟糕的情況下，只要是跟她一起被抓到就還有救……應該吧。

而且拿她紅魔族的身分來威脅教徒應該也能順利逃脫。我轉瞬間下了這個判斷。

芸芸大概是發揮與生俱來的落單才能，看來只有我跟她選了同一條路。

雖然很在意選了另一條路的夥伴們，不過克莉絲是虔誠的艾莉絲信徒，只要去向教會尋求庇護應該就能得救。

……這麼說來，泰勒和奇斯的身體狀況還沒完全恢復，就由我這邊來吸引群眾吧。

「我會好好揮霍賺來的錢盡情享受，你們安心吧！」

「混帳！絕對要宰了你！」

有聽見我大聲挑釁的傢伙全都瞪向這裡。

看來能把大半的群眾都引誘過來。

「要是有個萬一，就麻煩妳求情了！」

我抱持期待向身旁的芸芸說道。

「好、好的。交給我吧……汝以為吾會這麼說嗎？很可惜，又是吾！」

巴尼爾老大一邊跑一邊靈巧地脫下芸芸的外皮。

我差點就驚訝到停下腳步，但還是挺了過來。這時，從背後逼近的腳步聲讓我不禁回過頭。

在看到巴尼爾老大的身影後，教徒們全都往這邊衝了過來。

「異教徒在這邊！該死的傢伙，快把錢還來！」

怒吼和腳步聲甚至撼動了大氣。

……啊，這下被抓到就死定了。

「不會吧，喂！老大，你到底在做什麼啊！」

「吾當然想盡可能多享受一下負面感情啊！所以只要連累腳程最快的人，再算上教徒，吾就能同時持續獲得兩種負面感情了！此乃惡魔般的發想！」

如果被拖下水的人不是自己，我說不定也會感到佩服。但身為當事者，我只想拜託巴尼爾老大饒了我！

然而現在比起抱怨，還不如多吸幾口氣。

我可不想因為喘不過氣被追上，讓自己的人生當場結束。

「我最近總是在被追著四處逃竄啊啊啊啊！」

經歷貞操危機後，我再次為了保住性命，落得在阿爾坎雷堤亞的街道四處逃竄的下場。

6

「快、快不能呼吸了……人、人只要拚上性命，還真的什麼都能辦到耶。」

靠著全力奔跑總算甩掉教徒的我，從暗巷內探頭警戒，確認那群人是否還在附近。

看來是徹底擺脫他們了。

「就這樣跟奇斯他們會合，然後跟阿爾坎雷堤亞道別吧。」

「要回去了嗎？」

「咿咿咿咿咿啊啊啊！咦？是芸芸喔？妳害我縮短十年的壽命了。」

突然有人從後面拍了我的肩膀，於是連忙轉過頭，就看到芸芸正望著我的臉。

「看來這次是本人了……你們那邊沒事吧？」

「由於達斯特先生吸引了所有教徒，我們立刻就脫身了。那個，非常感謝你。」

畢竟這算是我自作自受，被人低頭道謝反而令我坐立難安。

為了化解這股內疚的感情……

「芸芸，這個給妳。」

我把從劇場回旅館時買的玩偶丟給芸芸。

她張大嘴巴一臉呆滯，交互看著接在手中的玩偶及我的臉。

「咦？這是……？」

「最近和真跟爆裂女孩之間感覺處得不錯，妳才會做出奇怪的行為，想跟她抗衡吧？反正妳肯定是為了跟對方炫耀，所以想打腫臉充胖子宣稱自己有約會過，偏偏妳認識的男性朋友就只有我而已。」

「唔，被發現了嗎？」

畢竟一看就知道妳在逞強啊。

「只要說出有男人送妳禮物，應該可以稍微跟她抗衡一下吧。」

我在回程時想起先前芸芸和爆裂女孩在公會附近的對話，就拿所剩不多的所有財產買下了那個玩偶。

雖然因為預算問題，比起她最想要的那個還小了兩圈，但外型完全一樣。

「那我也把混浴池的事情一筆勾銷吧！原來達斯特先生還是有不錯的地方嘛。」

「好啦好啦，還真是多謝妳誇獎喔。」

芸芸雖然嘴上不饒人，但還是高興地抱緊玩偶。

空蕩蕩的錢包也算是有所回報了。

終章
給破壞兵器致命一擊

1

「我絕對不會再去那座城市了！」

我在馬車上高聲大喊，然而一臉疲憊的夥伴們卻只瞥了我一眼，什麼話都沒說。

在那座城市逃竄了一整晚甩掉教徒們之後，我就跟夥伴們會合，搭上共乘馬車離開了。

換下扮裝的克莉絲表示「我還有別的事情要處理」，所以沒有跟我們一起回去。

坐在車內的是琳恩、奇斯以及泰勒等平時的成員。其他人則搭乘另一輛馬車。

……所有人都精疲力盡，睏到不行。

「真的是倒大楣，果然天下沒有白吃的午餐。」

「這不是我的錯！住宿券是和真送我的！你們絕對不要搞錯這點！」

「好啦好啦，知道了啦。我們也沒有說全都是你的錯啊。」

琳恩聳聳肩，露出「真受不了你」的表情邊搖著頭。那種態度雖然讓我有些不爽，不過也

終章

給破壞兵器致命一擊

沒有精神繼續回嘴，只將身體靠上椅背。

這次的事件雖然完全是巴尼爾老大的錯，可是老大騙來的寫真集銷售額就算只有一部分也相當可觀，於是大家都沒有繼續追究。

只有芸芸沒有收下那筆錢，而是狠狠地訓了老大一頓。在面對不會怕生的對象時，她也有強硬的一面呢。

雖然我在這次的事件中感受到生命危險，不過也有要感謝老大的地方。畢竟在溫泉發生的事情就這樣蒙混過去了。

我原本以為她們會痛罵我或是繼續追究，不過大家都沒再提起，關於這點真是得救了。

「唉，真想快點回到阿克塞爾然後去喝酒。」

「我只想躺上床好好睡一覺。」

無論如何，我只想悠哉一下。

正當我們想著這些事，並隨著馬車的晃動打瞌睡時，外面傳來車伕的聲音。

「各位客人，我們抵達阿克塞爾了。」

打開窗戶探出頭，就看見包圍阿克塞爾的城牆。

由於某人造成的大水曾破壞過城牆，經過改建的全新牆面目前幾乎沒有破損。

「那道牆是和真付錢建造的吧……」

「這樣想就覺得很厲害呢。雖然破壞城牆的也是他小隊裡的祭司。」
同樣從窗戶探頭的琳恩仰望著城牆感到佩服。
即使身體有所接觸她也沒有抱怨，是因為她其實不太在意溫泉的事嗎？
「咦？門口的衛兵是不是有些奇怪？」
琳恩瞇起眼睛順著前進方向望著，我也順著她的視線看去，就發現平常總是對造訪城鎮的人們嚴格把關的那群衛兵，竟然沒有搭話就直接讓人通過。
「毫無幹勁可言耶。明明他們每次看到我，都要把我攔下逼問身上有沒有帶奇怪的東西進來。」
「還不是因為你每次都要做多餘的事情，讓衛兵感到很困擾。之前你不是也說『這可以當寵物賣掉吧？』，打算把活捉的一擊兔帶回街上，結果跟他們起了衝突嗎？」
「都怪那群守衛不知變通好嗎！那絕對可以高價賣出去耶！」
「你肯定會因為一擊兔害人受傷而被逮捕喔……不對啦，重點是衛兵們真的很奇怪！」
由於跟平常不一樣，全都直接放人通過，所以沒等多久就輪到我們。
這群衛兵明明每次都會稍微觀察馬車裡面，好確認有沒有逃犯或有沒有攜帶危險物品。
「可以通過了，唉。」
這次竟然完全沒有看向這裡。

終章
給破壞兵器致命一擊

以通行的人來說是很輕鬆，但這麼一來連通緝犯都能輕鬆進入市區。

「喂，你啊，應該要更仔細調查吧？」

這明明就不合我個性，卻還是忍不住開口相勸，結果衛兵只是往這邊看了一眼並嘆了口氣。

「怎樣都好啦……我只想回家睡覺。」

「我可以理解那種心情，但也要好好工作啊。」

「真想僱用聽話的女僕來工作，我每天只要睡覺就好……」

原本以為只有這傢伙很奇怪，結果所有的衛兵都毫無幹勁。

不但有人靠在大門上，甚至還有人躺在地上呆望著天空。

「這、這副景象實在太奇怪了。就連每次我揹惠惠回來時，都會親切地關心我們的衛兵也是……」

「雖然感覺跟精氣被吸走的狀況很類似，但又有些不同呢。」

「看來又發生奇怪的事情了。」

巴尼爾老大他們似乎也注意到異狀，於是下了馬車徒步走來。

我們向車伕道謝後也一併下車，然後走進阿克塞爾。

本來就有不好的預感了，沒想到街上的情況也非常慘烈。

居民們全都隨意地癱坐在大街上，甚至還有不少人躺在地上。

大部分的商店都沒開門，即使有營業，店員也都坐在椅子上發呆。

「這已經不是用奇怪可以形容的程度，根本是緊急狀況吧……」

「那、那個，我很擔心惠惠，所以要去和真的豪宅一趟！我先走了！」

芸芸就這樣全速往和真家的方向跑去。

「我也擔心店裡的狀況，先走一步！」

蘿莉夢魔在數度向巴尼爾低頭致意後，同樣飛奔而去。

「吾同樣擔心魔道具店，這個狀況下完全無法期待營業額呢。」

老大不慌不忙地邁步離去。

被留下來的我們則是面面相覷。

「走一趟冒險者公會確認現況如何？」

「也是，面對這種異常狀況，公會應該會做出對策吧。」

在我與夥伴們一同前往冒險者公會的途中，看到滿街的居民們呈現散漫狀態，眾人不是躺著就是在發呆。

打開公會的大門探頭望去，發現裡面沒有半個冒險者，就只有職員稀稀落落四散各處。

而且就連那些職員也懶散地將上半身趴在櫃檯上。

終章

給破壞兵器致命一擊

負責接待的露娜則是用手撐著臉頰努力忍著睡意。

由於其他人看起來根本無法對話，我就與夥伴們一同向露娜問道：

「喂，這是怎麼了？別說公會這邊了，整座城市全都變成這樣了嗎？」

「啊，這不是達斯特先生嗎？我想應該都變成這個樣子了喔。」

露娜半閉著眼睛慵懶地回應，而且她的雙眼完全失焦。

整個人懶散到我完全無法認為她是那個每天忙著應對冒險者們的露娜。

「等等！妳到底是怎麼了？」

琳恩雖然抓著露娜的肩膀前後搖晃，她卻完全沒有抵抗。

「等等，琳恩，我可以趁現在搓揉她的胸部吧？」

「當然不可以啊！為什麼大家都沒有幹勁啊。這樣根本是……咦？達斯特，你不覺得這個狀態跟奇斯他們很像嗎？」

「這麼說來，這個狀況的確跟從那個地下城回來時的你們很類似耶。」

奇斯和泰勒在我們找到色情書刊的那個地下城裡，突然開始不斷抱怨起「好累」、「好懶」，現在的狀況跟當時的他們一樣。

至於兩名當事人只是不解地歪著頭毫無自覺。

「所以說，這跟當時的情況可能有所關連。你們有沒有印象？」

「這個嘛，當時是一進到房間我就覺得身體很沉重，而且想睡覺的程度嚴重到連思考都嫌麻煩。」

「沒錯沒錯，對任何事情都不感興趣，有好一段時間我都過著只有吃跟睡的日子。」

如果是跟他們相同的症狀，那城鎮的居民只要丟著不管就能恢復的可能性很高。

這麼一來就不需要焦急了。

「嗯……這真的跟泰勒他們的狀況一樣嗎？露娜小姐，請問妳是從什麼時候開始變成這樣的呢？」

「這個嘛～～大概從三天前開始，蹺班的人就開始慢慢增加～～我今天身體變得比昨天還沉重……雖然醫生說這不是生病～～啊～～好想變成家庭主婦向優秀的老公撒嬌，每天慵懶地過生活喔……」

露娜從途中就變成是在吐露欲望了。

但冷靜想想，這段話透露出的現況實在糟透了。

「這就表示狀況在慢慢惡化吧。泰勒他們是一瞬間就變成那個樣子了耶。」

「這個狀況很嚴重吧？如果是漸漸變成這樣，那我們總有一天也會變成毫無幹勁。」

我看了看周圍後臉色發青。

現在不是慢慢觀察情況的時候了。

「怎、怎麼辦！不管怎麼想，原因都出在我們身上吧？」

「若想成是我和奇斯成了病菌帶原者的確有理，但慢慢惡化這個症狀跟我們當時不太一樣吧？」

「而且啊，如果是你們生了病然後傳染給別人，那我跟琳恩為什麼會沒事？這太奇怪了吧，我們總是一起行動耶。」

無論怎麼思考都想不通。

情報太少了，目前需要搞清楚更詳細的狀況。

「我們先分頭行動收集情報吧，然後再回到這裡集合。」

眾人點頭後就從公會奪門而出。

每次發生這類麻煩事時，和真他們大多都是事件的核心。

我想說這次的狀況應該也跟他們有關，於是決定前往那間豪宅。

2

然而和真他們不在家。

相對的，我逮到了在豪宅前晃來晃去的可疑人物——芸芸。

「妳就不能像一般人一樣拜訪朋友家嗎？」

「因、因為我明明就炫耀了要去溫泉旅行，結果卻沒有在阿爾坎雷提亞買任何伴手禮，一想到惠惠應該會生氣我就……」

「現在不是在意那個的時候吧。而且他們也不在家。就沒有其他人可以拜託了嗎？」

我途中雖然有繞去熟識的雜貨店，但是店沒有營業。

當然也有稍微去看了一下警察的狀況，但就連他們也毫無幹勁坐在地上，完全沒在工作。

要是趁現在應該可以隨心所欲犯罪吧——我的腦內一瞬間閃過這個念頭，但我不會這麼做就是……真的不會啦。

「啊，對了，去魔道具店看看吧！巴尼爾先生應該很了解這類現象才對！」

覺得自己想到好方法的芸芸，興奮地用拳頭敲了一次手掌。

老大的確有可能知道原因，如果運用那種能看見未來的能力，肯定也能找到解決方法。

「不過，先前總是被捲入老大的詭計裡，或許他會願意告訴我們解決方法，但總覺得又會被他騙。」

「那明明是達斯特先生自己硬要參一腳巴尼爾先生的生意吧？那要算是自作自受喔。」

「很好，我們去找老大商量吧！喂，別發呆了，快點出發吧！」

終章 給破壞兵器致命一擊

「達斯特先生的個性真的很差勁耶！」

雖然嘴上不住抱怨，芸芸還是隨後追上。

我抱著請鬼拿藥單的心情來到魔道具店，但一打開店門，就看到全身焦黑的老闆倒在角落。

巴尼爾老大則是毫不在意地整理著商品。

「老大，老闆這次又做了什麼？」

「汝聽完可別驚訝，吾不在時這傢伙又被騙了。對方說吾在旅行時引發意外，所以要求賠償損失，結果這傢伙竟然毫不懷疑就把賺來的錢全部交給對方了。」

「哦～～是典型的詐欺手法呢。」

這是最近流行的手法。用目標的親戚或認識的人闖下大禍為由，要求目標代為支付賠償金。

手法單純卻很有效果的樣子，所以警察不斷呼籲大家要多加小心。

「對吧。如果吾站在相反的立場，肯定會感謝對方讓吾可以合法報銷老闆。明明只要說句『要殺要剮隨你們高興吧』就結束了，她到底為什麼會付錢啊，難以理解。」

「這、這個是因為老闆很重視巴尼爾先生吧，就是太擔心才會相信對方的話……」

「吾不需要這種廢物老闆擔心。如果沒有賣寫真集的收入，又得陷入貧困的生活了！」

雖然老大在說這段話時似乎有些高興，但那應該是錯覺吧。

畢竟只要扯到錢他就會非常嚴苛。

「所以同性戀疑雲纏身的小混混跟孤獨大師光臨本店所為何事？」

「可以不要四處抹黑我嗎！」

「孤獨大師……感覺有點帥……」

至於明明該生氣卻顯得高興的芸芸就先別管她了。

「老大也知道街上陷入異常狀況了吧？我們認為你或許知道原因或是解決方法。」

「嗯，他們看起來是失去精力……應該說失去幹勁。由於喪失氣力陷入怠惰，才會變成那副模樣。」

「果然是這樣，先前我們小隊上也有兩個人陷入相同的狀況，我覺得應該有關連。」

「聽起來頗為有趣，告訴吾詳情吧。」

我將跟夥伴們潛入地下城時發生的事情告訴老大後，他就用手扶著下巴陷入沉思。

「那座地下城的房間裡應該有某種東西吧。雖然不清楚是病原體、魔道具或是別種因素，但是很明顯原因就在那裡。」

「我、我也這麼覺得。」

「果然是這樣啊。這麼一來，就得去一趟那個地下城了。」

「那麼，汝最好快點動身。看穿一切的大惡魔在此宣言，就這樣放著不管，這座城市的人們甚至將會懶得吃飯，最後全都餓死。」

這句話讓我和芸芸對望了一眼。

「這、這可是不得了的大問題耶！」

「而且要是被發現原因出在我們身上，那絕對沒辦法蒙混過去喔！必須快點召集能派上用場的小隊，趕去那個地下城才行！」

既然得到重要的情報，我們就得立刻回去作為集合地點的公會，開始做起程的準備。不清楚有多少人可以當成戰力派上用場，最糟糕的情況就是只能靠我們幾個了。

「啊，老大也來幫忙吧！」

「吾拒絕。吾要去找出欺騙廢物老闆的詐欺犯，偽裝成她扒著對方表示『只要願意還錢無論對我做什麼都可以』，等對方圖謀不軌時現出真身降下懲罰才行！」

「……那真是要請詐欺犯節哀順變了。非常感謝你的情報！」

繼續拜託老大幫忙也只是緣木求魚。

先去跟夥伴們商量，再把能派上用場的人全都召集起來吧！

3

「所以原因就是那個嘍。如此一來，我們的確得想辦法處理。」

「是啊，自己的屁股要自己擦乾淨才行。」

「雖然很麻煩，不過這也沒辦法。」

夥伴們全都同意前往地下城。

「雖、雖然只是微薄之力，但我也會幫忙。」

芸芸願意協助真是幫了大忙，畢竟她是這群人當中最值得信賴的戰力。

「如果芸芸小姐只能算是微薄之力，那我到底是什麼……」

蘿莉夢魔似乎也打算參加。

聽說店裡的其他夢魔也陷入相同狀態，不過比起同事失去工作幹勁，身為夢魔的她似乎更煩惱冒險者們失去性欲這件事。

趁現在去夢魔店應該可以為所欲為吧……沒有時間真是可惜。

包含蘿莉夢魔在內，雖然大家都拚命尋找過能參與作戰的成員，但就只有我們幾個能作為戰力了。

即使跑遍大街小巷找人，也沒有任何一個認識的人能正常行動。還能跟平常一樣活動的，就只有剛來到這座城市的訪客，但他們只要在這裡待上一天，似乎就會變成廢柴。

「要是和真他們在就好了，不過這也沒辦法，只能靠我們自己想辦法嘍。」

「畢竟這原本就是我們造成的嘛。得立刻出發才行！」

備齊最低限度的必需品後，我們立刻從阿克塞爾出發。

由於這次要跟時間賽跑，我們找了剛剛搭乘的共乘馬車的車伕說明狀況，他也二話不說就答應出借馬車給我們。

這麼一來只需要半天就能輕鬆抵達目標的地下城了。

「你們真的不記得自己在那間房間發生什麼事了嗎？」

如果不知道那裡會發生什麼事就無法制訂對策，所以我向身為當事者奇斯與泰勒詢問詳情，然而──

「關於這點，現在回想起來，那間房間也沒什麼特別的東西。我也想不到任何會讓身體突然變懶的理由。」

「只是待在那間房間就突然覺得一切都無所謂，所以印象很模糊。」

「拜託你們振作一點啊，要是無法確定狀況會很麻煩，這樣我們根本就不知道究竟要面對什麼東西耶。」

「從會吸收人類的幹勁來判斷，說不定是惡魔搞的鬼喔。」

「也有可能是魔道具之類的東西呢。雖然沒辦法製造，但在紅魔之里確實有人研究過那類的魔道具。」

蘿莉夢魔和芸芸的意見都很實際。

例如老大喜歡負面情感，夢魔則是需要人類的精氣，所以有吸收幹勁的惡魔也不意外。

另外我也透過那顆珠子，徹底理解到魔道具也會蘊含不得了的力量。就算有一兩個能吸收幹勁的魔道具也不奇怪。

「兩種都很有可能，必須多加警戒才行。」

雖然一路上都有看到魔物，不過牠們全都無力地在睡覺，完全沒有襲擊過來。

多虧如此，才讓我們完全不用戰鬥就抵達地下城了。

「各位都做好覺悟了嗎？讓我們鼓起幹勁衝進去吧！」

「「「「……喔～」」」」

得到的卻是無力的回應。

夥伴們跟剛剛截然不同的態度讓我驚訝地轉過身去，就看到他們打著呵欠垂頭喪氣看著地面。

「喂，不是吧！你們該不會……」

「不進去地下城應該也無所謂吧？我覺得就算放著不管也沒問題啦。」

「是啊，悠哉地睡個午覺應該也不錯，嘿咻。」

奇斯跟泰勒都丟下武器坐在地上。

才想說他們沒事從行李中取出儲備糧食要做什麼，竟然就躺著吃了起來。

「喂喂，你們在做什麼啊？接下來要進去地下城探索耶！」

「咦～～已經夠了吧，比起那個，我們來聊色色的事情吧。」

「先睡一下又不會怎樣。」

奇斯還只是變得比平常慵懶一些，泰勒就很明顯是異常狀態了。

無論怎麼想，這個古板的傢伙都不可能說出這種話！

「琳恩妳也快點教訓他們啦！」

「如果覺得麻煩那就算啦，可以的話我也想閃人了。」

找琳恩幫忙助陣卻得到意料之外的回答。

仔細觀察她的臉之後，發現她也呈現強忍著呵欠勉強站著的狀態。

「達斯特先生，我的身體變得非常疲倦。這個狀況感覺好奇怪……」

芸芸用力睜開即將闔上的雙眼，左右搖頭努力抵抗著睡魔。

「我有一種精力正在被吸走的感覺。奇斯先生他們先前也被吸收過，所以抵抗力可能因此變弱了，呼哈啊啊啊。」

這就是其他人比他們兩個還多少能忍的原因嗎？

不過感覺也只是時間的問題了，照這個模樣來看，再過不久這些人都有可能淪陷。

只能放棄奇斯他們前進了。

「我們就立刻衝進地下城吧！不要思考多餘的事情，給我專心趕路！」

「「「……好～～」」」

拜託妳們不要發出毫無幹勁的回應啦。

4

「達斯特，把我丟在這邊吧，我不想妨礙你。」

「我不可能捨棄妳，把妳丟在這裡不管吧。」

說完令人感動的台詞後，我對琳恩露出溫柔的微笑，讓她扶著我的右肩移動。

「也可以不用在意我喔……我就留在這裡看書等你們。」

「請不要勉強，直接把我丟下，達斯特先生你一個人先走吧。」

我用繩索將芸芸綁在背上，左手則抱著蘿莉夢魔。

即使聽見三人纖弱的聲音，我還是沒有減緩走路速度，也沒有放棄她們。

「妳們只是想要偷懶吧！為什麼就只有我得這麼辛苦啊！」

雖然距離地下城裡的那個房間只差一點，但越是接近，這三個人就越是拒絕前進，不斷找各種理由想要休息，所以我只能像這樣硬是抓著她們移動。

「大家一起睡覺吧？現在的話可以陪達斯特睡喔。」

「雖、雖然很害羞，不過我會忍耐。」

「我可以破例讓達斯特先生免費夢見最棒的夢喔。」

「這還真是超有魅力的誘惑耶！我差點就要掉坑了！」

我其實也很想丟下一切跟這三個人一起睡覺啊，但是真的無法放著現況不管。

如果在這時候輸給誘惑，可能就要一睡不起了。

「為什麼就只有你還能動啊……」

「明明達斯特先生平常總是第一個說想偷懶的人耶。」

「難道是因為平常就沒什麼幹勁，所以就算少了一點也不會差太多？」

這、這些傢伙真的是很會嘴耶！

不過她們也沒說錯，為什麼只有我沒事？

我也覺得探索地下城很麻煩。說實話，我累癱了。超想快點回去阿克塞爾喝酒胡鬧。

我打從心底這麼想，而且從平常就這麼覺得，更別提現在這個狀況了。

「拜託妳們再稍微振作一下啦，要是遇上我無法獨自應付的敵人該怎麼辦啊。」

已經連回答都嫌麻煩了嗎？她們完全沒有回應。

這三個人不行了，就讓她們躺在這邊，由我一個人前進會不會比較好？

留在地下城內的魔物們也都毫無防備地在睡覺，即使把她們丟著不管應該也不會有危險。

「但是如果有個萬一……唉，真是有夠麻煩。」

我帶著三個人繼續往深處前進。

總算在沒有拋下任何人的情況下，抵達目標的房間了。

「呼……呼……累、累死了。喂，我們到了！」

「「「再睡五年就好～」」」

「搞屁啊！統統給我起來！」

我把這群完全不知道我的辛勞，自顧自地睡起覺的傢伙丟在地上，卻沒有人打算站起來。

我打開門將三人拖了進去。

但她們完全任何反應。

「沒辦法，只能把她們丟在這裡了。」

我將她們放在應該是地下城之主所居住，已經風化的房間角落。

無論怎麼想，還是我獨自行動比較好。

「這些傢伙竟然都睡得這麼香。」

雖然很想抱怨個兩句，但在看到三人一臉平靜的睡姿後，這個念頭就消失了。

我調查牆壁啟動了暗門。

接著提高警戒進入暗門滑開後出現的房間。

可以看到左右兩邊各有一道門。我前一次調查左邊的房間並取得寶藏，泰勒他們則是調查右邊的房間。

我將耳朵貼在右邊的門上確認裡面的聲音，但什麼也沒聽見。

我抓住門把慎重地把門打開。房內雖然昏暗，但還不到伸手不見五指的地步。天花板上有亮起一盞小燈，所以能窺探到那附近的事物。

「跟剛剛那間房間差不多呢。桌子、椅子以及床鋪。從垃圾散落一地來判斷，應該有人住在這裡？」

我邁步踏入充滿生活感的房間。由於沒有地方可以躲藏，裡頭應該沒有敵人，但還是別放鬆警戒吧。

丟在地上的垃圾中有些用途不明的東西。

有在小塊扁平板子的表面上貼著玻璃的東西。另外還有掌心大小，前端接著黑色粗繩，表面有十字和圓形突起物的令人難以理解的物體。

「這是什麼鬼啊？」

雖然不知道這些東西有什麼用途，但在調查垃圾後我還是發現了一些情報。

這裡有很多飲食類的垃圾。

從裝乾糧的袋子到最近剛開幕的麵包店包裝紙都有。這就表示直到最近都有人住在這裡。而且因為垃圾量很多，可能不只一個人。

我拉開桌子的抽屜發現裡面放著日記本。想說可能有重要的情報，就翻閱了一下。

『——○月×日。祕密基地的設備越來越充實了。他們每天都在對我提出無理的要求，都快喘不過氣了。這裡是只屬於我的休息場所。我也想辦法復原了日本的漫畫。我要徹底耍廢。』

看來這是做出這個地下城和色情書刊的人所寫下的日記。

為了調查有沒有跟阿克塞爾的狀況有關的情報，我繼續讀下去。

『——○月×日。雖然以製作那個的試作品為由挪用了預算，但偽裝用的小型模型總算是成形了。以外表來說，這樣應該就能騙過他們，但問題在於核心的部分。必須讓他們無法注意到這邊才是真正的目標。靠吸收人類的幹勁來變換成能源什麼的，我原本只是隨口胡扯，沒想到居然有可能實現？我還真會扯。』

可以確定這傢伙就是造成阿克塞爾及夥伴們異常的元凶了。

有沒有交代得更加詳細的內容呢？

『——○月×日。可惡，根本完全沒有蹺班的機會啊！來這個祕密基地的次數大減，但我絕對不會放棄！挪用機動兵器的資金製作的那個東西，只差一點就能完成了。雖然還沒有做過啟動實驗，不過幾乎已經告竣。只要發動這個，應該就會開始吸收周圍的幹勁，讓所有人喪失氣力，這麼一來我就不需要再做那些愚蠢的工作了。形狀就做成不會被人發現，只有掌心大小的球形吧。嗚哈！超期待完成的那一天！』

我幾乎可以確定狀況了。

不過我很在意之後的事情，所以先繼續看下去。

『——○月×日。在進行啟動實驗時發現了致命性缺陷。一旦發動，連自己的幹勁也會被吸收，變得完全無法享受遊戲和閱讀。要將設定變更成啟動者及附近的人不會受到影響嗎？為了確保安全，就改成只要啟動的人跟設備拉開一段距離，機能也會自動停止吧。同時設定為即使由別人啟動裝置，第一個發動的使用者也不會受到影響。再來就是第一次啟動時威力較弱，第二次啟動時威力和效果範圍都會強化這個設定……機動兵器那邊也差不多要完成了。等那份工作結束後，我絕對不會再工作了。就發動這個放長假去吧！』

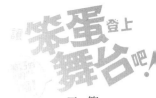

「果然，日記的主人就是元凶……」

之後的頁面全都一片空白。

仔細確認後，發現有部分頁面被胡亂撕毀的痕跡，剩下的部分則寫著「說明書」三字。

看來這個男人沒有發動那個魔道具就結束在這裡的生活了。雖然對機動兵器這四個字有些在意，不過就先解決眼前的事情吧。

根據日記的內容，可以想成是吸收幹勁的魔道具啟動才造成這副慘狀。

圓球狀的魔道具啊。

「圓球……嗯嗯？總覺得好像有印象，是我的錯覺嗎？」

總覺得自己忘了什麼，但是因為想不起來，只能放棄思考下去。

由於沒有其他需要調查的東西，我就帶著日記離開房間。

曾住在這裡的某人目前很可能外出去別的地方，或是待在另一個放寶藏的房間裡。

來到我先前調查過的房間前面，將耳朵貼在門上後，就聽到有聲音傳來。

「哎呀……棒……們……受不了……」

雖然因為隔著門聽不清楚，不過有好幾個人的聲音。

那群人待在裡面在做什麼啊？講到這間房間裡的東西，該不會……

我盡量不發出聲響將房門打開，就看到一群男人背對著門口專心看著書。

人數為三個人，他們的注意力全都集中在書上，所以完全沒有注意到我。

「原本只是打算在騷動平息前先躲起來，結果卻讓我們找到最棒的祕密基地！」

「是啊，頭目。這裡有著大量我們追求的寶藏！雖說圖的眼睛實在大到有些怪，但是瑕不掩瑜呢。」

「自從被小混混冒險者打敗後，我原本以為好運已經離我們而去了，沒想到竟然能如此幸運！人生真的是變幻莫測呢，其實全都多虧了這個護符吧！」

三人組的其中一人從腰際的袋子中取出了某樣東西，但是我從這個角度看不到。

總覺得好像在哪裡聽過這群人的聲音，是我的錯覺嗎？

「自從得到這個之後，魔物再也不會靠近我們，連去阿克塞爾購買糧食時，也從來沒有被人警戒過呢。」

「畢竟我們做了跟冒險者為敵的行為，前往城市時對方毫無反應真是幫了大忙。可能真的是多虧有這顆圓球呢，來好好拜一下它吧。」

體格最壯碩，被稱為頭目的男子高高舉起一顆掌心大小的圓球。

……我記得那是我第一次進入這間房間時找到的圓球吧？

撿起來之後我有按過上方的凸起處，然後就直接丟在地上。

換句話說，第一個啟動那個魔道具的人是我，泰勒他們也因此變成那樣。琳恩當時待在我附近，所以沒有受到影響。

接下來就是這群人啟動了那個，但曾經發動過道具的我不會受到影響。這麼一來事情就說得通了。

「如果日記內容屬實，情況可就嚴重了。」

由於第二次啟動時威力和效果範圍都會增加，所以第一個啟動道具的我也有些許責任。

……把日記銷毀吧。

男人們在拜過那顆圓球後，立刻又專心看起書。

根據他們的談話內容判斷，這群人應該是罪犯，即使被趁隙偷襲也不能抱怨吧。

我壓低腳步聲潛入室內。

所有人全都在低聲碎唸。

等拉近距離後，我才清楚聽見他們到底在說什麼。

「這個圖好可愛喔。雖然眼睛和嘴巴有些大，但是外表稚嫩這點我給高分！」

「這真的很棒呢。即使看不懂文字，也可以理解大部分的內容。即使看起來像是主婦，外表也只有十來歲這點實在令人受不了啊！」

「不過色情的部分完全不行！蘿莉是用來疼愛的存在，對她們出手這種行為實在太愚蠢了！你們也這樣覺得吧！」

「沒、沒錯！玷汙幼女實在太差勁了！」

「的、的確是這樣呢～」

他們雖然在看沒有色情要素的書，不過所有人的背後都藏著色情書刊。

不過，我先前有聽過這種讓人聽不下去的糟糕發言。

也知道會說出剛剛那種內容的人物是誰了。

這群人就是先前打算綁架琳恩結果被我抓到……喜歡幼女的蘿莉控集團吧！

「糟糕，眼泛淚光仰望的畫面真是太棒了。」

「不不，笑容才是最棒的吧！幼女的笑容甚至能贏過金幣及寶石！」

「所以才說你們還太嫩了。幼女就是不管做什麼都很可愛！」

「「頭目，讓我一輩子追隨你！」」

「煩死了！」

粗獷的男人們抱在一起的光景徹底惹惱了我，害我忍不住開口吐嘈。

這也使得那群人全都轉頭看向我。

他們確實是蘿莉控集團的成員沒錯。

「嘿，原來你們全躲在這裡啊。」

「你、你是那個蘿莉強盜！」

「才不是！不要講得好像我是壞人一樣！」

我站起身，對伸手指向我的蘿莉控集團發出了怒吼。

看來對方也記得我的長相。特別是那個頭目似乎對我相當執著，感覺他比其他人都更加激動。

「我絕對不會忘記你的惡行！你想替我開啟新世界的大門嗎？沒那麼容易！」

「頭、頭目……」

站在旁邊害羞地偷看頭目的男人……正是被我扒光的那個傢伙啊。

這麼說來，我把那傢伙脫光之後，就讓他跟頭目互相抱住，再把兩人緊緊綁在一起。

頭目看來是憤怒到極點，但我總覺得小弟臉上的表情，跟泰勒他們先前望著我的模樣很類似……還是不要繼續深究這件事吧。

「為什麼，你這傢伙到底有多令人討厭啊！難道又打算把我們抓起來交給警察嗎？在那之後我們可沒有犯罪喔！」

「「沒錯沒錯！」」

「我不打算對你們做任何事，但能把那顆圓球給我嗎？只要交出那個我就放你們一馬。」

終章

給破壞兵器致命一擊

比起這群人，現在要優先解決的是阿克塞爾的異狀。

雖然日記上寫了某種停止方法，不過還是把魔道具毀掉來阻止吧。

「那顆圓球是指我們的護符嗎？這果然是有價值的東西啊，在得到這種情報後，就更不可能把它交出去啦。難道你是孤身一人……看來是這樣呢。你們幾個聽好了，為了一雪夥伴們的怨恨，同時作為我的復仇，來把這傢伙痛揍一頓！」

「「是！」」

他們拿起武器朝站在門邊的我逐漸逼近。

在有人數差距的狀態下戰鬥絕非上策。

……我想到好方法了。

我穿過房門來到密室，接著走出暗門，移動到已經風化的房間。

「喂喂，你別想逃走喔。我可不曾忘記那時的觸感及恥辱！老子對那種事沒有興趣！」

「我是覺得未必不行啦……」

那位小弟的低語我就當作沒聽見吧。

頭目的武器跟先前一樣是長槍，小弟們則是手持單手劍。

面對一口氣拉近距離的對手……我抱起躺在地上睡覺的蘿莉夢魔，假裝拿劍抵著她。

「禁止……觸摸喔……」

這傢伙是睡昏了嗎？

「你們統統不准動！」

「太、太卑鄙了！她是你的夥伴吧！」

「這個混帳！蘿莉可是人類的至寶啊！」

「這、這傢伙根本是惡魔……」

敵人完全被我的威脅嚇破了膽。

這招真是效果超群呢。

「想救這傢伙就把武器丟掉。」

「動、動作快，絕對不能讓她天使般的肌膚受傷！」

我才開口恐嚇，對方就立刻丟下武器高舉雙手無條件投降。

「垃圾……」

「爛透了……」

「對方真是紳士……」

這群睡眼惺忪的女人似乎說了什麼，但是我聽不見，總之妳們乖乖繼續睡覺啦。

還不是因為妳們派不上用場，我只好像這樣運用智慧了。

我將腳邊的武器踢到房間角落。

接著從行李中取出繩索，將所有人綁起來。

「至少把我跟那位蘿莉綁在一起！這樣就變成是獎賞了！」

「頭目真是太狡猾了！拜託你，我也要跟蘿莉綁在一起！如果能綁緊一點會更好！」

「請把我綁在馬尾女孩旁邊！希望她能露出鄙視的眼神教訓我！」

「吵死了！閉上嘴巴乖乖讓我綁！」

讓這群要求很多的傢伙閉嘴後，我總算把他們全部綁了起來。

擦掉額頭上的汗水後，有種做完工作的錯覺，但我還沒把事件元凶的那顆圓球破壞掉。

「喂，把那顆圓球交出來。」

「哈！真可惜，我把圓球藏起來了。」

原本拿著球的頭目冷哼一聲，並且露出勝利的表情。

看來這傢伙還搞不清楚自己的處境。

「吶，真虧你處在這種狀態下還能說出這種話呢。難道你搞不清楚自己的立場嗎？」

「無論你再怎麼威脅我都不會屈服！而且你也無法在這個狀況下做出跟先前相同的事情吧！」

上次我是把他的臉貼到旁邊那個小弟赤裸雙腿間以問出情報，但他們現在全被綁在一起，頭目才會誤以為我無法出手吧。

我現在的確無法用跟上次相同的手段。不過除了威脅以外，多的是方法可以讓他們開口，其中有個手段對這群人特別有效。

就算他們保持沉默，在這麼短的時間內能藏東西的地方並不多。

我將三人綁上房間的柱子，接著重新走進那個房間。

在書架上大致找了一圈，但沒有看到目標。

「奇怪了，但這裡真的只有書架跟書，還是說被藏在另一個房間？」

仔細找遍整個放有日記的房間，仍不見那顆球的蹤影。我甚至把垃圾桶裡的東西全倒出來，還確認過床鋪下方，但就是找不到。

看來比起動手尋找，用問的比較快。這麼一來方法只有一個。

我回到風化的房間，交互望著的冷靜下來的男人們，以及依然躺在地上睡覺的琳恩等人。

「在這麼短的時間內，真虧你們能藏得這麼好。這時候就算開口威脅，你身為頭目也不會那麼簡單就開口吧。話說，你們不覺得這間房間有點冷嗎？」

「你為什麼突然說這些？根本一點都不冷啊！」

「喔，是嗎？不過我覺得有點冷呢。有沒有什麼易燃的東西可以用來取暖呢……喔，這裡不就有看起來很好燒的書嗎！」

我邊說邊拿出來的，正是他們先前閱讀以及藏起來的書。

接著我就將那些書疊在地板上。

「喂、喂！等一下……你、你打算做什麼？」

「因為很冷，我打算拿這些書來燒，你們也不用客氣，一起取暖吧。」

「不不不！不要做那種毫無意義的事情！」

我一將提燈的火焰靠向那些書，那群人立刻激動地大吼大叫。

說實話，我也不打算把這些寶物燒掉，不過看他們的反應很有趣，所以就多捉弄了幾次，接著對方就先投降了。

「知道了！我說！我說總行了吧！那間房間右邊角落的書架可以滑動推開，裡面有個應該是用來放那顆圓球的台座。」

「我還真不知道有那種房——」

「咦咦咦咦！頭目，你放在那裡了嗎？」

其中一名小弟瞪大眼睛吃了一驚。

為什麼是這傢伙最驚訝啊？

「頭目，你沒有看到貼在那間房間的告示嗎！紙上不是寫了警告說千萬不可以把圓球放上台座，不然小型模型將會啟動之類的內容嗎！」

「啊！」

頭目恍然大悟地跟小弟對望。

看來他們不是在說謊或開玩笑。

「喂，快告訴我告示上寫了什麼，這樣讓人很在意……咦？」

才想說怎麼傳來類似地鳴的聲響，地面就劇烈搖晃起來。

一開始還只是輕微地左右搖動，現在已經強烈到站都站不穩了。

「怎、怎麼了？這是怎樣？到底發生什麼事了！」

「果然不可以放上去吧！不是都用紅筆寫了嗎！」

「你現在跟我說這個也沒用啊！」

搖晃劇烈到牆壁和天花板都出現龜裂開始崩塌，琳恩她們卻只是呆望著這邊，動也不動。

「喂，要逃跑了！快點站起來！」

「咦～～好麻煩喔～～」

「笨蛋，妳們是想死嗎！啊啊，可惡！這群人完全不想動啊。」

地下城崩塌的速度非常快，靠我一個人搬她們絕對來不及逃出去。

這麼一來，只能用這招了。

「喂，我把繩子解開，你們一起幫忙搬她們。這樣下去會被活埋！」

「「「非常樂意！」」」

得到這種充滿活力的回應，反而讓我在別的意義上感到不安，不過這群人應該會賭上性命保護她們吧。

「我負責揹粉紅頭髮的蘿莉！」

「頭目太狡猾了！我也想選那個女孩！」

「那馬尾女孩就交給我揹吧。」

三人展開了爭執，但是沒有人要選擇芸芸。

喂，芸芸都快要哭出來嘍，來個人選她啦，不可以因為外表就有差別待遇！

最後他們決定由頭目背負蘿莉夢魔，讓兩名小弟一起搬運琳恩。

而剩下的芸芸必然落得由我負責的下場。

「嗚嗚……我是賣剩的女孩……」

無視從背後傳來的哭泣聲，我用盡全力在地下城裡飛奔。

原本還很擔心那群人的腳程，但他們卻以異常的速度跑在我前面。是負責搬蘿莉夢魔及琳恩的使命感提升了他們的速度嗎……

我們在千鈞一髮之際衝出地下城，入口也在同時崩塌。

包含我在內的所有男人們，全都疲憊到發不出聲音，我只能整個人倒在地上。

不過那幾個傢伙在這種情況下，依然能溫柔地先讓琳恩跟蘿莉夢魔躺下來。

「嗚嗚……就只有我受到如此殘酷的對待……」

「呼！呼！呼！光、光是能得救妳就該……心存……感激了……」

被丟在地上的芸芸對我投以責備的眼神，我則是邊調整呼吸邊回應她。

前罪犯三人組似乎也用盡了全力，只見他們眼神渙散躺在地上仰望天空。

5

女生們在地震停止後，撐起上半身盯著這裡看。

「嗯～～咦？我們為什麼回到地上了？」

「呼～～早安。」

「疲勞感比剛剛減輕了不少耶，是因為被丟在地上嗎……」

而且還變得相當有精神。

每個都像剛睡醒般伸著懶腰環顧四周。

可能是那個魔道具壞掉的關係，讓她們取回了失去的幹勁吧。

「剛剛的地震是怎麼一回事？」

「嗨，達斯特，他們是誰啊？」

泰勒和奇斯一臉沒事地走了過來。

這兩個傢伙也恢復啦。果然是因為地下城崩塌壓壞了那顆圓球，讓大家的身體狀況都復元了。

「你們還真是悠哉耶，受不了。要好好感謝本大爺喔，你們以為自己是託誰的福才能恢復原狀啊。」

從夥伴們的狀況判斷，阿克塞爾那邊也只要一段時間就能復原了。

這麼一來事情就解決了。沒能把留在該房間的書拿出來實在損失慘重……

「身體能變得如此輕鬆，就表示事情在我不知道的時候已經解決了，那我們回去吧。」

正當琳恩下完這個結論，眾人開始準備回家時，腳下再度傳來震動。

與其說有不好的預感，不如說我根本心中有數。我戰戰兢兢地往坍塌的地下城望去，就看到原本塞住出入口的石塊正不斷彈飛出去！

「呀啊啊啊啊！」

「保護幼女！咳噗！」

三人組挺身擋下飛向這裡的石塊，接著倒在地上。

「這群人實在很厲害耶，做到這個地步只能誇獎他們了。啊，這就等之後再說！有東西站起來了！」

粉塵消散後，原本是地下城出入口的地方，出現了形狀類似蜘蛛，有著八隻大腳的某樣東西。

尺寸大約是我身高的兩倍，不過那個外表——

「雖然看起來像是巨大蜘蛛，不過那到底是什麼啊？」

「那、那是什麼啊？咦？我先前似乎有在委託書上看過這個形狀？」

蘿莉夢魔和芸芸都還搞不清楚狀況，但是我只看了一眼就察覺到了。

正因為發現那個究竟是什麼，讓我瞬間流了一身冷汗。

「我對那個東西有印象喔，雖然比先前看到的要小很多……」

「真巧，我也有看過呢……」

「啊，果然不是錯覺嗎……」

「我總覺得，那個跟我們與和真小隊一起挑戰的毀滅者一模一樣……」

夥伴們一同點頭同意我的低語。

蘿莉夢魔和芸芸在看到這副光景後瞬間臉色發青。

畢竟毀滅者的知名度極高，要沒聽說過也難。

「毀、毀、毀、毀滅者是指那個對吧！會喀啦喀啦地四處移動破壞城市，所以被懸有重賞，最後被惠惠他們破壞掉，讓她整天來跟我炫耀的那個對吧？」

眼眶泛淚的芸芸用力抓著我的胸口搖晃，但是我沒有抵抗。

正如這傢伙所說，出現在那裡的東西跟超巨大魔像——機動要塞毀滅者長得一模一樣。雖然在尺寸上被縮小了不少，但依然魄力十足。

「為什麼？為什麼小型的毀滅者會出現在這種地方？是它的小孩嗎？」

「琳恩，冷靜一點！魔像並不會生小孩！」

我們陷入混亂的這段期間，小型毀滅者推開地下城的瓦礫，完整呈現在我們眼前。

仔細觀察後發現，小型毀滅者的臉部雖然有複數的紅色眼睛，但其中有一個沒有發光，看起來就像是那顆圓球。

難道說那顆魔道具是因為啟動了毀滅者，所以才停止吸收幹勁嗎？

「要是在這裡放過這傢伙，讓它跑去阿克塞爾就糟了！居民跟你們一樣恢復幹勁也就罷了，如果還跟先前一樣，那整座城市會被它蹂躪殆盡的！必須在這裡破壞它！對吧！」

要是讓公會發現我是最大的元凶，絕對別想輕易了事。

必須在這裡徹底將證據銷毀！

「這麼說也對，雖然我搞不太懂，但既然是我們負責探索這裡，那就有責任處理它。」

「大家都做好覺悟了嗎？那防禦就交給我吧！」

「真拿你們沒辦法！那就以討伐多頭水蛇的要領上吧，我會準備綁了繩索的箭停止它的行動。」

夥伴們也都贊同我的意見。

然而大家雖然鼓起勇氣面露笑容，但表情都有些僵硬，我自己應該也差不多。

「我、我也會幫忙！只要在這裡打倒它，我就不需要再聽惠惠炫耀了！而且還可以反過來跟她炫耀！」

看來芸芸也幹勁十足呢。

我很期待妳那紅魔之里首屈一指的實力喔。

至於最後剩下的蘿莉夢魔，則是靠在三個倒地的人旁邊，不知道在做什麼。

接著三人組就突然起身，跪倒在蘿莉夢魔面前。

「請隨意命令我們吧！」

「蘿莉夢……蘿莉莎，妳做了什麼？」

「我讓他們夢到最想看見的夢境，不過只到一半就停下來，然後拜託他們想繼續夢下去就幫忙。」

明明她伸出舌頭的模樣非常可愛，看起來卻像是魔性之女。

這是我第一次覺得這傢伙是獨當一面的夢魔呢。

「小型毀滅者的弱點是沒有發光的眼睛！只要破壞那個就能讓它停下來！大家一起鼓起幹勁上吧──！」

「沒問題！交給我吧！」

奇斯動作迅速地拉滿弓，向毀滅者的身體射出綁了繩索的箭矢。

繩索順利地纏上毀滅者的身體，接著三人組拚命拉住那條繩索。

「三位要加油喔！我會在表現最好的人的夢中再增加一名幼女！」

「「「喔喔喔喔喔喔！」」」

看來在場最有幹勁的人就是他們了。

小型毀滅者粗暴地試著抵抗，並將腳伸向正在詠唱魔法的琳恩她們。

「別想穿過我的防守喔喔喔！」

泰勒闖進大腳和琳恩她們之間，用盾牌防禦那道攻擊。

「我會盡量擋下所有攻擊，但沒辦法支撐太久喔！」

「我也不會輸！『Light Of Saber』！」

從芸芸手中放出去的光之劍，就這樣斬斷了八隻腳中的其中兩隻。

我則是從地上撿起頭目先前拿的長槍，向小型毀滅者突刺過去。

雖然它剩下的腳當中有三隻朝著我揮落，但在被繩索綁住的狀態下，根本打不到我！

我的身體還記得作為槍手的步伐及閃避方式。
避開所有揮落的腳尖後，我一口氣拉近了距離。
接著抓住繩索迅速爬上小型毀滅者。
雖然在面對多頭水蛇時太過大意，但我絕對不會重蹈覆轍了！
我從它大量的眼睛中找出唯一沒有在發光的地方，接著全力跳起。
「喔喔喔喔喔，去死吧啊啊啊！」
灌注全身重量的槍尖刺穿了那顆圓球。然而小型毀滅者依然在試圖抵抗，於是我站在它頭上對琳恩大聲叫道：
「對這把長槍發動攻擊！」
「了解，交給我吧！『Lighting』！」
在雷光從琳恩的手中噴射而出的同時，我也抓著繩索滑落。
接著在我著地的瞬間，爆炸聲和暴風也從背後傳來，我就這樣被吹倒在地不住滾動，直到撞上森林的樹木才停下來。
在上下顛倒的視野中，能看到原本的小型毀滅者身體被炸飛，只剩下腳留在原地。
「你就不能耍帥到最後一刻嗎？」
「真的耶，明明到中途為止，都還帥到足以撥動紅魔族的心弦喔。」

「不過這樣比較有達斯特先生的風格。」

琳恩她們別說是在擔心我了，還在那邊耍嘴皮子。

雖然很想對她們抱怨，不過我發現了一件更重要的事情。

「喂，妳們往這邊靠近一點。差不多再三步就行了。」

只要我維持這個姿勢，等她們稍微靠近，就能看到裙底風光了。

琳恩的短褲雖然一點都不有趣，不過另外兩個人應該可以讓我看見不錯的內褲。

對於我的要求，她們則是用踩過來的鞋底作為回應。

尾聲

1

「由於不是正式的懸賞目標，無法提供太高額的獎金，但公會仍對各位解除危機於未然給予高度評價。請收下吧，各位辛苦了。」

露娜掛著滿臉的笑容將裝滿金幣的袋子遞給我。

明明不是委託也不是懸賞目標，這個袋子仍有相當的重量。我把對自己不利的部分撕毀後，就將日記和小型毀滅者的腳一起帶回阿克塞爾，公會應該是基於那些證據做出了判斷。

有這麼一大筆獎金，即使按人數平分，手邊也能留有足夠的錢。就算把欠債結清都還有剩呢。

「看來你們在我出遠門時遇上了很有趣的事情呢。」

「喔，是和真啊。雖然不有趣，不過真的發生了很多事。」

我們小隊跟從王都回來的和真小隊坐到同桌的位子上。

「惠惠，妳知道嗎？其實我也打倒毀滅者了耶。」

「哈！真是無聊的笑話。妳是因為太過寂寞，變得無法區別妄想和現實了嗎？」

「才不是妄想！是真的打倒了！不只是這樣，我還跟人約過會了喔。這個玩偶就是那個男人送給我的禮物！很棒吧！吶，等等，仔細聽我說話啦！」

爆裂女孩和落單女孩的爭執就放一邊去。

還得把獎金分一份給蘿莉夢魔才行。至於那三人組則是表示已經得到足夠的獎賞，所以沒有要收下這份獎金。

而且今晚應該有名副其實的「夢的世界」在等著他們吧。

「來跟我說說你們遇到的事情吧。對了，你有領到獎金是吧……各位，今天達斯特要請客喔！」

「這還真是稀奇耶，明天該不會要天降劍、槍跟魔法吧？」

「就當成至今為止的賠償，我要喝個夠！」

「也是呢，雖然作為性騷擾的賠罪這樣還太便宜了！」

公會裡的冒險者們對和真多餘的一句話起了反應，一同開始點餐。

「唔、喂，你們等一下！我可沒有說過這種話……」

我的抵抗被眾人的吵鬧聲蓋過，沒有傳進任何人的耳中。

和真更是露出完全如他所料的得意表情看著我。

畢竟讓他請了這麼多次，這算是報應吧。

「不要那麼厭世啦，我會多少幫你出一點。」

「也是，偶爾像這樣大鬧一番也不錯呢。」

「雖然用別人的錢喝到的酒最好喝，不過我今天也一起請客吧。」

既然琳恩他們會幫忙出錢，那我的錢包也不會損失太嚴重。

而且這群人也是平時就在借我錢，跟我一起胡鬧的夥伴。

「好啦！今天本大爺請客！你們就隨心所欲地大吃大喝吧！」

2

隨著時間越來越晚，宴會變得更加熱烈。

和真小隊的祭司表演了她最擅長的宴會才藝，博得滿堂的喝采及掌聲。

惠惠和芸芸原本打算喝酒，卻被和真跟達克妮絲阻止。和真明明看起來很隨便，在奇怪的地方卻非常遵守規則跟秩序。

我為了躲避喧囂而走出公會，但身後依然鬧得不可開交。

抬頭仰望夜空，只見天上繁星點點。

「天空啊……」

明明是夜空卻能看見飛鳥，讓我瞬間想起過去的事情，不禁喃喃自語。

「在那邊裝什麼憂鬱啊，真是不適合你。」

完全喝醉的琳恩，伸手搭著我的肩膀糾纏上來。

琳恩帶著酒氣的吐息撫上我的臉頰，我才皺起眉頭望去，只見她的臉上堆滿了笑容。

「妳的心情真好。」

「畢竟大家都能平安回來，我的心情當然很好啦。」

「是喔。」

「話說回來啊～雖然我之前就注意到了，你是不是對我們隱瞞了什麼事情？」

琳恩原本鬆懈的表情突然變得非常認真。

我雖然有些動搖，但表面上還是裝作很冷靜。

「妳是指什麼？難道是指我沒錢的時候，會偷妳的內衣褲去賣嗎？」

「很好，你立刻給我下跪！我會直接讓你回歸塵土！」

雖然琳恩滿臉通紅打算詠唱魔法，但舌頭似乎不太靈光。

我連忙上前攙扶腳步不穩的琳恩，她的雙眼卻緊盯著我。

「你不適合一個人煩惱啦，我們可是夥伴喔，如果真的有煩惱就找我商量啊。」

被那對水汪汪的大眼注視著，讓我差點說出了多餘的事情。

我移開視線，再次仰望夜空。

如果是他們，即使說出來應該也無妨吧。

「其實……」

「呼嚕……」

一陣熟睡的鼻息聲傳了過來。

這傢伙從嘴角流出的口水沾濕了我的肩膀。

「喂，骷鬼。唉，一般來說不會在這種時機點睡著吧。」

我揹起琳恩走回公會。

因為我覺得，比起找個安靜的地方讓她睡，不如待在眾人的喧鬧聲中，她或許更能作上一場美夢吧。

後記

我是沒想到竟然能出第二集的昼熊。

會購買這集的讀者，應該都很喜歡第一集吧……是這樣沒錯吧？雖然我認為會直接對第二集出手的奇特人士並不多，不過還是來做一下自我介紹吧。

各位好，我是接續前作繼續負責描寫外傳作品的昼熊，今後還請各位多多指教。

如果要稍微介紹一下本作的內容，就是達斯特隨心所欲地大鬧一番吧。沒錯，他自由自在地貫徹自我，謳歌著他的人生。

相較於前一集，這次我將焦點放在夥伴身上，所以奇斯跟泰勒的戲份增加了。話是這麼說，但戲份增加最多的還是芸芸。

在前作中廣受好評的琳恩和蘿莉夢魔也很活躍，還請大家放心。跟達斯特感情不錯的寶貴女性角色們真的是非常努力呢……這麼說來，這次也有寫到在水與溫泉之都阿爾坎雷堤亞的故事喔～

將達斯特丟進阿克西斯教團的大本營會如何呢？不覺得光去思考這個問題就已經夠有趣了

嗎？這時如果讓克莉絲及巴尼爾同行……在意的人就請閱讀本篇的內容吧。我在本作中強化了搞笑的要素，但效果不知道如何。畢竟在《美好世界》的外傳作品中，最困難的就是搞笑部分了。真希望總有一天能追上暁なつめ老師的品味。

由於後記的頁數還剩不到一半，就來向各位道謝吧。

首先是暁なつめ老師。能在聯合訪談及在那之後的酒席上跟老師說到話實在太光榮了。包含前作在內，還請老師能繼續多加指教！達斯特果然是很有魅力的角色呢。

我這次也是一邊在腦中想像三嶋くろね老師筆下的可愛角色，一邊執筆本作。如果沒有琳恩的插圖，撰寫第一集時應該會更加辛苦吧。

憂姫はぐれ老師，這次也承蒙您照顧了。蘿莉夢魔及琳恩真是太棒了。哎呀，琳恩在第一集展露的笑容，以及蘿莉夢魔整個人貼上來的胸部以及那副打扮……謝謝招待！

Sneaker文庫編輯部的各位、M責編，還有經手過這本書的各位，真的非常感謝你們。

接下來是各位讀者，因為有各位購買了第一集，所以第二集才得以出版。真的非常感謝大家！今後還請繼續關照本作！

昼熊

不管怎麼說，達斯特
還是很關心夥伴呢。
能在這次的故事中看到
他的這一面真是太好了。
混浴就是浪漫啊…！
憂姫はぐれ
恭喜《讓笨蛋登上舞台吧!》
第二集正式發售。
期待能在這裡看到
更多在本傳當中沒辦法
太常出場的配角們
有更加活躍的表現!
暁 なつめ
恭喜外傳第二集發售!
能看到在本篇沒什麼戲份的
角色們做出各式各樣的事情，
是我閱讀外傳時最開心的地方。
本集封面上的芸芸
也是多謝招待了…!
三嶋くろね

為美好的世界獻上祝福！
暁 なつめ
illustration 三嶋くろね
絶贊熱銷中!!
「你要不要去異世界？可以帶一樣喜歡的東西過去喔。」
「那……就妳吧。」
（廢柴）家裡蹲就此跟（沒用）女神轉生異世界去了……!?
即使組成一群問題勇者，還是要拯救這個美好世界！
廢柴系ww
最搞笑的異世界喜劇!!

為美好的世界獻上祝福！外傳
暁なつめ
illustration 三嶋くろね
為美好的世界獻上爆焰！
好評大熱賣!!
《為美好的世界獻上祝福！》惠惠視角的衍生外傳登場！
「——請妳教我剛才的魔法。」
在此即將揭開紅魔族首屈一指的天才魔法師惠惠
一日一爆裂的真相……！
小説家になろう
出自「成為小説家吧」網站

Kadokawa Light Novels

為美好的世界獻上爆焰！ 1~3（完）

Kadokawa Fantastic Novels

作者：暁なつめ　插畫：三嶋くろね

《爆焰》系列完結！
各位同志啊，就與吾一同步上爆裂道吧！

來到新進冒險者的城鎮阿克塞爾的惠惠，立刻開始尋找同伴。然而，卻沒有任何隊伍願意讓只會用爆裂魔法的她加入；而另一方面，自稱惠惠的競爭對手的芸芸也是一樣，每天都是獨自一人孤零零的——惠惠&芸芸粉絲期盼已久的第三集!!

各 **NT$200~210/HK$60~65**

台灣角川

Kadokawa Light Novels

為美好的世界獻上祝福！外傳

續・為美好的世界獻上爆焰！

Kadokawa Fantastic Novels

作者：暁なつめ　插畫：三嶋くろね

祝惠惠榮獲角色人氣票選第一名，
紀念企畫終於書籍化！

「徵求盜賊職業隊員。僅限為了正義而犯罪也在所不辭，具備此等幹勁者。」由於崇拜銀髮盜賊團，惠惠（自以為）為了協助他們而組成盜賊團，但募集到的團員淨是一些問題兒童……儘管如此惠惠還是毫不氣餒，致力於懲戒黑心貴族的盜賊活動！

NT$180/HK$55

台灣角川

COMBATANTS WILL BE DISPATCHED!
1
戰鬥員
暁なつめ
NATSUME AKATSUKI
ILLUSTRATION
カカオ・ランタン
KAKAO LANTHANUM
戰鬥員派遣中！
Kadokawa Fantastic Novels

幸會，食人鬼。

Kadokawa Fantastic Novels

作者：大澤めぐみ　插畫：U35

這是《你好哇，暗殺者。》的前傳，
講述澤惠與阿梓相遇的故事。

「啊，妳醒啦？」陌生的天花板，嗆鼻的血腥味。這是哪裡？我為什麼倒在地上吧？「妳要小心吃人的man喔。」街坊傳說專挑美少女的連續殺人魔？「聽說他會綁架美少女，然後大卸八塊吃掉喔～」對了，我一定要找出那傢伙──「然後親手宰掉才行。」

NT$200/HK$60

國家圖書館出版品預行編目(CIP)資料

為美好的世界獻上祝福!EXTRA 讓笨蛋登上舞台吧 .
2 : 後宮的天空 / 暁なつめ原作 ; 昼熊作 ; 林星宇
譯 . -- 初版 . -- 臺北市 : 臺灣角川 , 2019.02-
冊 ; 公分
譯自 : この素晴らしい世界に祝福を!エクストラ
あの愚か者にも脚光を!. 2, 遠いハーレムの向こう
に
ISBN 978-957-564-735-3(平裝)

861.57　　107022166

Kadokawa
Fantastic
Novels

為美好的世界獻上祝福！EXTRA

讓笨蛋登上舞台吧！ 2

後宮的天空

（原著名：この素晴らしい世界に祝福を！エクストラ あの愚か者にも脚光を！ 2遠いハーレムの向こうに）

2019年2月27日 初版第1刷發行

作　　者：昼熊
插　　畫：憂姫はぐれ
原　　作：暁なつめ
角色原案：三嶋くろね
譯　　者：林星宇

發 行 人：岩崎剛人
總 經 理：楊淑媄
資深總監：許嘉鴻
總 編 輯：蔡佩芬
編　　輯：江宇婷
美術設計：李思穎
印　　務：李明修（主任）、黎宇凡、潘尚琪
發 行 所：台灣角川股份有限公司
地　　址：105台北市光復北路11巷44號5樓
電　　話：（02）2747-2433
傳　　真：（02）2747-2558
網　　址：http://www.kadokawa.com.tw
劃撥帳戶：台灣角川股份有限公司
劃撥帳號：19487412
法律顧問：有澤法律事務所
製　　版：尚騰印刷事業有限公司
I S B N：978-957-564-735-3
香港代理：香港角川有限公司
地　　址：香港新界葵涌興芳路223號
　　　　　新都會廣場第2座17樓 1701-02A室
電　　話：（852）3653-2888
